全民阅读精品文库

刘仁前

著

那时，
月夜如昼

中国言实出版社

图书在版编目（CIP）数据

　　那时，月夜如昼 / 刘仁前著 . -- 北京：中国言实出版社，
2018.6

　　（当代实力派作家美文精选集 / 凌翔，汪金友主编）

　　ISBN 978-7-5171-2801-4

　　Ⅰ.①那… Ⅱ.①刘… Ⅲ.①散文集－中国－当代
Ⅳ.① I267

　　中国版本图书馆 CIP 数据核字（2018）第 135984 号

责任编辑：崔文婷
出版统筹：李满意
插图提供：荷衣蕙
排版设计：叶淑杰
　　　　　严令升
封面设计：戴　敏

出版发行　　**中国言实出版社**
　　　　　　地　址：北京市朝阳区北苑路 180 号加利大厦 5 号楼 105 室
　　　　　　邮　编：100101
　　　　　　编辑部：北京市海淀区北太平庄路甲 1 号
　　　　　　邮　编：100088
　　　　　　电　话：64924853（总编室）　　64924716（发行部）
　　　　　　网　址：www.zgyscbs.cn
　　　　　　E-mail：zgyscbs@263.net
经　　销　新华书店
印　　刷　唐山楠萍印务有限公司
版　　次　2018 年 6 月第 1 版　　2023 年 4 月第 2 次印刷
规　　格　710 毫米 ×1000 毫米　1/16　13 印张
字　　数　180 千字
定　　价　49.80 元　　ISBN 978-7-5171-2801-4

散文的气质

红孩

　　每一个人都不是孤立存在的，他需要社会的滋养。社会就是人群之间的往来，既然人与人之间有往来，就必然会有人与人之间的评价。评价一个人，标准很多，可以用小家碧玉，也可以用大家闺秀，最简单的方法就是用好人和坏人区分。这在二十世纪六七十年代的电影中处处可以看到。而事实上，这世界的芸芸众生，哪里有那么多的好人和坏人，好人和坏人是相对的，就大多数人而言，基本属于不好不坏的人。

　　生活中，我们对一个人的外表评价，通常爱用"气质"这个词。譬如，形容某个女人漂亮，常用气质高雅；形容某个男人有修养，喜欢用气质儒雅。由此可见，气质这个词是人们所需要的，也是男女可以通用的。查现代汉语词典，对气质的解释有两种：一是指人的相当稳定的个性特点，如活泼、直率、沉静、浮躁等，是高级神经活动在人的行动上的表现；二是人的风格和气度，如革命者的气质。很显然，我们一般选择的是后者，前者过于确定，不过后者也让人感觉到是属于不好定义的那种。

同样，我们看一篇文学作品，往往也会从作家的文字中读出其人与文的气质。这就是所谓的文如其人。以我的见识，人和文在很多的时候并不一致。一个文弱的书生，他的气节和人格可能是刚硬的。鲁迅个头不足一米六，可谁能说鲁迅不高大呢？不管怎样，我们看一个人的作品总会很自然地和这个人的人品联系在一起。所以，我们在研究一个人的作品时，往往会从作家的社会性和作品的艺术性两个方面来考证。近些年，社会价值取向多元化，人们对过去的人和事也变得宽容起来，像过去被封杀被长期边缘的作家作品逐渐走向人们的视野，这些作品甚至如日中天地成了一段时间的文学主流。文学的艺术性与社会性，是不可割裂的，过于强调哪一方面都会失之偏颇。

　　散文也是如此。我们说一篇散文的优劣得失，其评价体系也很难绕开艺术性和社会性。当然，如果是风景描写的那种游记作品，就另当别论了。即使是风景描写，也不完全超脱于当时的社会背景，如《白杨礼赞》《茶花赋》《荷塘月色》《樱花赞》等。假设我提出鲁迅、冰心、朱自清、杨朔等作家的作品具有散文的优秀气质，不知会不会有人站出来反对？我想肯定会有的。据我所知，有相当多的一些作者，始终坚持散文的艺术性，而不愿提作品的社会性，似乎一提到社会性就是和政治挂钩。

远离政治，已经成为某些作家的信条。前几年，周作人、林语堂等二十世纪二三十年代的作家突然走红，就是被这类人追捧的结果。以我个人而言，我对散文创作的路数是提倡百花齐放的，风花雪月与金戈铁马都可以成为作家笔下的文字。我们不能说写花鸟鱼虫、衣食住行就题材窄、格局小，就缺少散文的气质。有的作家倒是常把江河万里挂在嘴边，可其文章味同嚼蜡，一点散文的味道都没有，更谈不上散文的气质。

我理解的散文的气质，首先是文字的朴素、洁净，如果一篇散文连这一点都做不到，就很难有别的作为了。这就如同我们看到一个衣衫不整的人，他怎么可能有好的气质呢？然后，作品的内容要更多地承载读者所要获取的知识、信息、情感、思想的含量。第三，在写作技巧上，要发掘出生活的亮色，特别是能在所见的人与物中悟出人生的道理和对世界的看法，且能熟练地运用修辞手法和文章的结构方法。第四，文章的意境要高拔出常人的想象与思维，具有超越时代的精神高度。第五，要做到内容和形式的统一，其内外气场要打通，要浑然一体，有霸王神弓那种气派。有了这些，还不够，一篇好的散文必须与社会相结合，要得到广大读者的认同与共鸣。这个社会的认同，光是一时的认同还不行，它还必须是超越时代的，像我们读《岳阳楼记》那样，要能产生"先天下之忧而忧，后天下之乐而乐"那样的人生思想境界，这才算真正地具有了散文的气质。

　　散文的气质是不可确定的，不同的作家创作了不同的作品，其气质也是不尽相同的。气质是最让人捉摸不定的东西，它像风又像雨，很难用数字去量化。大凡这种捉摸不定的东西，恰恰是审美不可回避的问题。艺术的美是感悟出来的，即我们常说的艺术就是感觉。在这里，我们也可以把散文的气质说成散文的气象，气象可以是眼前的，也可以是未来的。我喜欢"气象万千"这个成语，它如果作用于散文，那就是散文是可以多样的。一篇优秀的散文一定有着不同寻常的气质，拥有了这个气质，你就能鹤立鸡群，就能羊群里出骆驼。

（作者系中国散文学会常务副会长）

目　录

第三辑：流动的日子

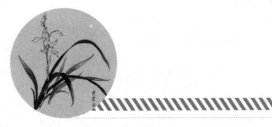

第一辑：那时，月夜如昼

那时，月夜如昼

在我心底，总是悬挂着一轮明月，那是儿时故乡的月。我一直认为，那时故乡的月亮，是世上最明亮的。无论是我离开故乡，去另一个城市读书，还是后来回故乡的县城工作，直至现在离开故乡的县城，在外工作十余载之后，我仍固执地认为，再没有儿时故乡上空的月儿亮了。那时，月夜如昼。

我的故乡，在苏北平原上，是个不知名的小村庄。正如我在《香河》里所描写的那样，巴掌大的庄子，筷子长的巷子。出门见水，无船不行。因为村子小，生活在村庄上的大人小孩都能熟识，不像现时城里，同住一幢楼里，上班下班在楼道里遇见，多半叫不出姓甚名谁。常言说一熟三分巧。一个村子上的人，哪家有新鲜事，便爱往哪家凑热闹，尤其是一帮孩子。我记得，村子上只有一两家有电视机的时候，我几乎每晚都带着三个妹妹，到村西头一户人家家里看电视。其时，日本的电视连续剧《排球女将》《血疑》正火，我们兄妹四人晚饭碗一丢，便往电视机跟前抢占有利位置。乡里人毕竟厚道，供我们看电视的这户人家，原本电视是在堂屋里的，后来看的人越来越多，主家只好把电视搬到院子里，并把家中的凳椅在院子里放好，以便人来了好坐。大伙儿看电视都很入神，虽说不大的院子里挤满了人，还是挺安静的。这时候，我倒有些走神，会自觉不自觉地抬头，望望悬挂在空中的月亮，亮晃晃的，直逼我的眼。等我读了几年书之后，才感受到什么叫"月光如水"。每到电视剧散场，我和妹妹们都会披着如水的月光，奔跑在村上唯一的砖巷上。杂沓的脚步声，"噼噼啪啪"地响在巷头，带着童年的欢娱。那天空中的月儿，亮亮地照着，便成了一盏照亮我们归路的灯。在我的记忆里，那时候极少有阴黑的夜晚，月儿总是那么亮，总是亮亮地照着。或许是有阴黑的时候的，但我不记得了。

那时除了《排球女将》《血疑》在电视上火之外，还有一部电影更火——《红楼梦》。刚开始在县城电影院上映时，听说是人山人海，电影院门前挤满了人，排队买票。有的排了一天的队，都不一定买到票。怎么办？明天天没亮再来。后来发现，天没亮赶来，也不行。有人索性在电影院门前守夜了。真是此一时，彼一时，现在的电影院门前冷落，可罗雀也。

在凭工分获取报酬的年代，我家因为人多劳力少，父亲常年在外工作队上做事，能从生产队上拿工分的只有母亲，所以年终多半"超支"（不仅分不到"红"，还得欠生产队的钱），家中日常开销靠几只蛋鸡，自然没有钱给我买票去县城看《红楼梦》的。我是等了好久，《红楼梦》在邻近的村子放映时，才有机会去看的。其时，在乡下，看露天电影极普遍。一村有电影放映船来了，要放电影了，邻近村上都会有些大人小孩赶过去看。因为多水，有时会有人撑船去看，几个劳力，约定想看电影的（多半是大小伙子约姑娘，有点那个意思的），说走就走，一般说来想看电影的人多，船小容不下，只得丢下无关紧要的看客。这当中，最容易被挤在船外的，便是小孩子。我就有过被人家从船上拉下来的经历，可电影还想看，怎么办？靠双腿走，遇见河只有脱光了衣裤，赤裸着下水，"踩水"（把脱下的衣裤举在手上，浮水前行）而过。这把戏，不仅小孩子干，大男人也干。

看露天电影，有趣的不仅仅在看了什么电影。电影散场往回走的路上，自会出现一些状况。只要留意，便会发觉哪两个是一对，哪个小伙子对哪个姑娘有意思。银色的月光下，薄雾弥漫的乡道上，情意绵绵的青年男女，一时顾不及脚下，失足进了垄沟，俏鸳鸯变成"落汤鸡"，引来一阵哄笑是免不了的。

月儿高悬的夜晚，对我们这些农家孩子来说，做得更多的，不是看《排球女将》，不是看《红楼梦》，而是捉迷藏，打仗，捉麻雀。一村的孩子，平日里总有亲疏的，上学下学在一块多一些的，到了晚上自然成了一队，这当中岁数大些的多半为队长（也不尽然，我在当时的一帮孩子中间并不最大，也当队长），带领同伙和另一队"干"，一方躲藏，一方寻找，满庄子闹腾，发生"战争"是常有的事，弄得楝树果子满天飞，很有点"枪林弹雨"的意趣。

任何一种游戏都有玩腻的时候，于是便来点"实惠"的，捉麻雀子。冬季，麻雀子多借人家山墙檐下做窝藏身。只要看到檐口有新草絮挂出，且隐有洞穴，内定有麻雀。这时，可由几个小朋友打高肩（接人梯的办法），让手脚麻利者踩肩而上，伸手入洞，雀便可逮。自然也有例外，有时会逮到"油老鼠"（蝙蝠的俗称），那家伙摸在手里软软的，还会"吱吱吱"地叫，不吓你个半死才怪呢。高肩是没法打了，人仰马翻，乱作一团，属正常。有了这样的遭遇之后，再捉麻雀子，小朋友们多半选择用网兜扑。用稍硬一点的铁丝作网口，串上一只网兜，固定在一根长杆顶头，长杆多为细长竹篙。实施捕捉时，只要将网口对准麻雀藏身的洞口，略施敲打，使洞内雀儿受惊而外逃，自会落入网中，此时只需将网兜贴墙往下慢移，雀徒手可得。一夜下来，捉个十来只麻雀子，不在话下。无论烧烤，还是配细咸菜红烧，均味美得很。在那个农家餐桌上难见荤腥的年月，这可是解馋虫的妙招呢。

细细想来，离开生我养我的那个村庄时日久矣，那砖巷是否依旧，那村庄又有怎样的变迁？那村里该有些人已走了吧，活着的人呢，生活得可好？那悬挂在村子上空的月儿呢，还是那般亮晶晶的吗？！

渡　船

　　一提及渡船，脑海里最先浮出的，竟是沈从文先生《边城》中的画面：青山绿水间，那凭一根横跨溪流的缆绳串着的小木船，还有小木船上清秀可人的摆渡女子翠翠。"哎——过河啰！"山对面，溪水边，有人叫渡了。翠翠似山间清风一般，从山上小木屋里飘然而下，轻轻盈盈地上了船，伸出白嫩的双手，抓着缆绳往前拉，渡船在她的拉动下，离对岸便越来越近了。渡客多半对翠翠颇为熟悉，即使上年岁的，也熟悉她爷爷。因而，上得渡船，不仅不再让翠翠拉渡绳，渡了河，还会丢下些山货。你没见着，那串渡船的缆绳有多粗噢，谁见了都怕伤了翠翠的手。可，山流时缓时急，山风时小时大，没那么粗的缆绳，串不起那木船，摆不起那渡。丢点山货，算不得什么，跟这渡口的爷孙俩不是一两天的交情。况且，有多少人想和翠翠配鸳鸯，又有多少人想找翠翠做儿媳，哪个也说不清，道不准。谁叫这湘西山水的秀气、灵气，都上了翠翠姑娘的身呢！

　　沈先生笔下山溪间的渡船，带给我的是一幅美妙动人的湘西风情画，是一杯醇香可口的美酒；也令我忆起，苏北平原上，那纵横交错的河汊间，我那非常熟识的小渡船。

儿时的记忆里，渡船只是一种交通工具。它能载着我和伙伴们，过了一条河，一条挺大的河噢！然后，上得岸去，一蹦一跳，到村上小学校里念书。

家乡河汊上常见的渡船，有两种——一种是有人摆渡的，摆渡人用船篙，或者用木桨。这样的渡口，一般通外乡外村，过往频繁且渡口又大，没人摆渡不行，于是，乡里就有人干起了摆渡的营生，过渡客随手丢下几枚"铅壳子"（硬币的俗称），便上了船，过了河，继续赶路。挺便当的，花几分钱，乐意。摆渡人，便从这来来往往的渡客的手缝里得到居家过日子的开销。虽说与种田相比，另有一番辛苦，风里雨里，炎夏寒冬，懒不得，闲不得，否则人家会骂的，自己良心上也过意不去，吃的不就是这碗饭吗，怎么能间断呢？不是说，百年修得同船渡吗，在摆渡人看来，和这些陌生人相遇、相识，实乃缘分也。干这一行，好处也不是没有，摆渡时日久了，自然会有一些熟客，从他们嘴里能听到外边一些新奇的故事，新鲜的事物，闲谈闲聊之中，开了眼界，长了见识。要是更熟识了，晓得哪位渡客时常从哪儿来，又往哪儿去，便可以托其办点小小的事情，熟人熟路，颇便当。摆渡，有收钱的，也有不收钱的。不收钱，渡客自然更满意，同时，也亏不了摆渡人。这种渡口，摆渡人是公家选派的，每天都给工分，和大集体在生产队上干活的村民一样的工分标准，并非白干。

另一种渡船，是没有人摆渡的，叫无人渡船。现在的孩子听起来，好像挺先进的，二十几年前的乡村，倒有了不用人的渡船，自动化如此之早，好不叫人吃惊。这些，跟眼下这帮"捧在手里怕摔了，含在嘴里怕化了"的小公主、小皇帝们，很难说得清楚。在乡里长大的孩子，自然晓得这"无人渡船"，是靠渡绳拴着渡船的。渡船两端钉有铁环，拴绳用。渡绳一头拴在铁环上，另一头则系在岸上的木桩上，或者临近河岸的树干上。如此反复，渡船的两端都有了通往岸边的渡绳连接。需渡河的人，来到岸边，蹲下身来，顺着岸边树干（或木桩）上的渡绳，用手一把一把地往身边拉，随着身边渡绳愈堆愈多，渡船便离你愈来愈近，等渡船靠岸，便可上船，再蹲到另一端船头，重复先前在岸上的动作，用手拉绳，渡船便向对岸前行，送你过河。由这样的渡口过河，值得注意的是，拉渡绳时用力要均匀，用力过猛容易拉断渡绳。此外，所拉渡绳，堆放要有序，不能乱，一乱，你拉另一端渡绳时，堆着的渡绳便不能及时回放，亦容易断。因而，细心的渡客，无论是上船，还是下船，均把堆着的渡绳重新放回河水之中，以免绳乱。虽说烦点，但保证了渡船的顺畅，岂不是与人方便，与己方便？

这种渡船，一到冬季便添了不少麻烦。西北风刮得呼呼的，鹅毛大雪在天上飞飞的，蹲在家里手都怕往外伸，这种天气渡河，暖和和的手拉着冰冷的渡绳，那滋味自然不好受，哪还有心思顾得上理顺渡绳，不经意间，渡绳便断了。这稻草拧成的绳子，本来就不怎么结实，冰水一冻，更脆。上了船的上不了岸，来到岸边的过不了河，这样的事情常有。村干部负责的，还好说，立马让人将渡绳或接上，或换新的，要是不负责的，那渡口何时能过，说不准。

往村里小学去的路上，隔着的那个渡口，恰恰就是个"无人渡船"。我和小伙伴们每天上学下学要拉两趟渡绳的。夏季时节，渡船给我们不少乐趣。我便和小伙伴们，剥下身上的汗衫子、裤头子，一个个小泥鳅似的，纵身下河，得意地来几个"狗刨式"，之后，再攀了渡船，浮身出水，随船而行。船上的伙伴们拉绳前行，河水拍打着渡船，发出好听的声浪，碧清的河水抚摸着我的身子，好不适意噢！上学下学的路上，不厌其烦地重复这样的游戏，平添些许童趣。

然而，好景不长，秋风一紧，落叶满地，严冬便来了。一到冬天，那渡船便不怎么可爱了。上学下学的道变不了，还得渡了河才能去村小念书。只好苦了自己的一双小手了。冰冷的河水，刺骨的寒，没拉上几把渡绳，小手便冻得通红了。冻得实在受不了时，便哭起鼻子来。天再冷，哭得再苦，河还得过，学还得上。怎么办？一群孩子当中，算我家堂哥岁数顶大，大伙儿眼巴巴地望着他。也真亏他挤眼睛抽鼻子，想了个主意：几个小伙伴一人下冰水拉一把渡绳。这样轮渡着，免去一个人连续拉绳，冷还是冷，毕竟好多了。我和其他伙伴一样，轮到拉绳时，便用力抓了渡绳，咬着牙，不住气往岸上拉。虽说，很快上了船，然而往对岸拉则费劲多了。那渡绳通通拉上了岸，再拉下来，自然不那么容易。这刻，事情就来了，渡绳卡在岸上，断了，船上人一不留神，有跌下河的，有摔进船舱的，顿时乱作一团，好不凄惨。要是再碰上大风，那简直就糟透了。大风刮得渡船在水上直打转，漂漂荡荡的，一群八九岁的孩子，哪经得住这般吓，等神色稍稍稳定下来，定睛一看，渡船早被刮到几十丈远的外垛田上去了，要不是垛田上弯弯的凹处好避风，渡船还不知漂到哪儿去呢。垛田是个什么所在？那是村上的公墓地，平日里上去都汗毛竖竖的，这冬季去更添一股寒气，阴森森，怪吓人的。孩子们哭爹喊娘，在孤岛一样的垛田上，无处求救。不知要过多久，等老师发现少了学生，村民发现渡船丢了，这才闻讯赶来，将一群冻得浑身直筛糠的泪娃儿接回去。这么一折腾，大半天的功课便耽搁了。那时的乡村教师挺护心的，都能及时给孩子们补上落下的课。在家长的千恩万谢中，老师还是离开了学生的家门，从不轻易讨扰村民一餐的。

等到那渡口上架起了一座蛮像样子的水泥板大桥时，我家搬过河，住到村子上来了。其时，我亦已到外村念中学了。此后，再也没有乘过那条渡船。那作为交通工具留在儿时记忆里的渡船，如今已和沈从文先生笔下湘西山溪间的渡船一样，成了我脑海里的一幅美丽的风情画。尽管当时，我和伙伴都无法去体味"百年修得同船渡"所蕴含的一切，现在细细想来，那段时光，那群伙伴，那风风雨雨，教会了我们很多很多。我完全可以自豪地告诉人们，家乡河汊上那两端拴绳的小渡船，带给我的同样是一幅美妙动人的风情画，同样是一杯醇香可口的美酒。只不过，这画是生我养我的苏北水乡的风情画，这酒是滋我润我的乡河水酿成的家乡酒。

水　车

　　早年间，家乡田野上，时常可以见到高矮不一、大小不同、形状各异的水车。那水车，夏天隐于绿荫，或为碧青的庄稼地所遮，或为浓绿的村树所藏；秋冬则兀立于田野、圩堤，或为浓霜点染，或为冰雪装扮。远远望去，为乡野的清秋严冬平添些许肃杀、苍凉的景象。

　　苏北水乡一带，常见的水车有两种，一种风力的，一种人力的，均是给农田上水用的。风力水车靠的是风，一有风，只要给水车挂上风帆就成，挺省事。乡里人又叫这种水车为洋车。其"洋"，怕就在这风帆上了。人力水车，顾名思义，是靠人工操作的。与风力水车相比，无风帆，架子小，构成亦简。人力水车靠支撑的架子、一根转轴、一副翻水用的槽桶组成。那架子多半安置在田头圩堤上，临近河边。两根竖杆在地上固牢了，在适宜的高度，绑上根横杆，供踏水车的人伏身子用。竖杆、横杆多半为村树制成，并不考究。只是横杆不宜太粗，粗了担分量，再伏上人，愈显得沉了，竖杆就吃不住劲儿；亦不宜太瘦，瘦了担不了分量，伏上人，杆便会断，人摔下来，弄不好会出大事情。转轴便是安装在这架子的正下方，稍稍离地，能转就行。转轴多半挺粗大的，虽为木质，却不是村树所制。每制此轴，工匠均得精选既粗且直的上好木料，因为转轴中间要安装钵轴。钵轴比常见的洗脸盆还要大，扁圆形，通常是用陈年大树根段制成，整块的，挺沉。踏过人力水车的都晓得，这钵轴，沉好，转起来有惯性。钵轴上安了一颗颗"齿"，短且粗，恰巧与槽桶里的莲轴咬合，将动力转给槽桶里的水斗子。既是人力水车，这动力之源自然是人，但那光杆转轴，人纵有再大的力气，也难以操作。于是，除了中间装有钵轴，在整个转轴上，钵轴的两边，均安有叫"拐"的玩意儿。在转轴杆上凿好了洞口，插上粗短的杆，再在杆子顶头加个档，一个形似小"木榔头"的"拐"便成了。这"拐"在转轴上的分布挺考究，不是随意安，要对称、均匀，这样踏起来才上圆、协调。因而，给转轴凿洞口，那得工匠事先盘算好了才行。有了"拐"，踏水车的只要脚一踩到上面，转轴便转起来。槽桶在人力水车中，虽说不是至关要紧，但成效是由它来体现的。若是没有那长长的敞口槽伸到河里，没有槽桶尾部小钵轴，没有槽桶里长长的莲轴上的块块"佛板"制成的小斗子，定不会有汩汩的河水车上岸，流进干渴的农田。

　　话又说回来，即使这一切皆齐了，你不会踏这水车，亦是白搭，车不了水的。踏这种水车，伏身横杆要轻，脚下踩"拐"要匀，身体重心要随腿部的抬起踏下而稍稍后移，与众人要默契配合、步调一致。只有如此，方能省力而灵巧地转动水车，否则便有洋相出。身子死伏横杆上，脚下显短啦；重心过后，摔成"仰头巴"（一种四肢朝上的斤斗）啦；脚下踩不匀，跟不上"趟"，老被"拐"打啦；实在支持不住，双手紧握，身子一弯，两腿一缩，"吊田鸡"啦……这些，早些年到苏北农村干过的知识青年，多半是有体会的。说到当地土生土长的农民，踏个水车，那十拿九稳，小菜一碟。你没见，队长上工的哨子一响，村上男女劳力纷纷出村出舍，各干各的活计。这踏水车的，多半是三五个男劳力在一起，也有男女搭配的，不多。

开秧门了，盘了田，要上水栽秧，这人力水车算是派上大用场了。天没亮，女人去秧池拔秧苗，几个男劳力便照队长的吩咐上了水车，他们得赶在女人们秧苗拔好之前，先上一阵子薄薄水，好让她们下手插秧，这样，不耽搁工夫。一大早，力气有的是，几个要强的男人，一上水车，脚下便虎虎生风，转轴飞速盘旋，只听得哗哗的河水，翻上来，下了田。几袋烟的工夫，原来黑乎乎的田里，变成白茫茫、水汪汪的了。这会儿，男人们才缓了步调，下了水车，拉呱些"荤话"，相互逗趣、笑闹。缓口气之后，再上水车，紧起来踏一阵子，拔秧、插秧的妇女也就到田了。此时，天色已大亮，十几个妇女一字儿在水田里排开，开始栽秧。打了大早工的男人们，便一齐下了水车，坐到田埂上，从自家女人或孩子拿来的粥箸子里，取了碗筷，再从粥盆里倒出粥，呼呼地喝起来。亦有图省事的，就了小二郎盆，直喝几口粥，嚼几根苋菜，有滋有味的样子，似乎皇帝老儿的御膳也不及呢。

填饱了肚子，水田里又多了红红绿绿的花头巾，花衣衫在移动，踏水车的男人们，情绪便来了，再上水车，那呼呼的车声更响，槽桶里翻上来的水更涌。这当儿，栽秧号子便在水田上空响起来。

> 一块水田四角方，
> 哥哥车水妹栽秧，
> 要想秧苗儿醒棵早哟，
> 全凭田里水护养。
> 啊里格桑子，啊里格桑子，
> 全凭田里水护养。

不知哪家媳妇嗓子里钻进毛毛虫，发痒了，亮开喉咙，开了头。一个开了头，没有不和的理，更何况，水车上那帮猴急猴急的男人呢，你听——

一块水田四角方，
哥哥车水田埂上，
妹妹栽秧在中央，
妹妹心灵手又巧哟，
栽下秧苗一行行，
好像栽在哥的心口上，
啊里格桑子，啊里格桑子，
哪天和妹配成双。

唱着唱着，栽秧的大姑娘、小媳妇们便笑闹起来。平日里，一句话只消半天工夫，便能传遍整个村子的，谁家不知谁家那丁点子事。于是某家姑娘相上了某个小伙之类的事，都会在这群女人间传开。有在场的，闹将起来，相互纠打着，玩笑过了头，跌在水田里，泥人儿似的，也不是没有发生过。这秧田里一闹，水车上的男人们自然不会安神了。于是，踏着踏着，走神了，脚下跟不上"趟"，脚被"拐"打得生疼的，只好出洋相，"吊田鸡"了。此刻，不抓紧横杆，弯身缩腿，谁也吃不消那"拐"打的。再说，其他人一时停不下来，要是碰上要点滑头的，故意开个玩笑，你只好乖乖"吊"一回"田鸡"。

就在这嬉笑取闹之中，日头渐渐升高了。阳光下，原本水汪汪的田里，出生了疏密有致的秧苗儿，竖成线，横成行，绿生生的，布满水田，那个鲜活劲儿，活脱脱一群生命呢。望着充满生机的水田，人们眼中毫不遮掩地生出几许渴求，几许希冀。

水　牛

　　鸭知水暖时节，家乡的田野上，风柔了，草绿了，牛蹄声便响起了。你没见那野地里、圩堤上，满是新生的野草，鲜嫩嫩的，绿茵茵的，一片连着一片。这分明在提醒乡民们，该放牛啦！要晓得，那牛已被拴在牛棚里无所事事地憋了一冬了，整日里枯稻草，嚼了一冬了。这片儿，让它们撒蹄奔向春天的田野，那份兴奋，那份新奇，自不必说。难怪那田野上空飘荡着的"嘚嗒，嘚嗒"的牛蹄声，是那么清脆，那么悦耳。瞧，那三五成群放牛的孩子，骑在牛背上，挥舞着柳条子，欢快地赶着牛，时而倒骑牛背，悠然徐行，时而紧牵缰绳，疾驰快奔。春天的田野上，回荡着此起彼伏的牛蹄声和放牛孩子天真烂漫的欢笑声……

　　二十几年前，我曾是那群放牛孩子当中的一个，也曾在家乡的田埂上放过牛。

　　家乡的水，在远近一带颇有些名气。因而，那时家乡一带常见的牛，多半是水牛。我所放过的那头大水牛，身架子挺高大，浑身深棕色长毛，挺密。那条长尾巴，末端的毛尤显长而密，看上去颇顺眼。遇有蚊虫叮咬，便在身体两边摔打，挺灵巧。大水牛犄角伸得挺开，弯曲弧度挺大，与其长脸、圆眼配在一起，颇威猛的样子，令人一见顿生畏惧之感。若是碰上它不顺心的事，张口露齿，仰头长啸，早叫人退避三舍了。于是，在放牛的小伙伴们里，大水牛落下个"刁人牛"的坏名声。其实，它脾气好时，蛮温顺的。放牛放得高兴了，我有时便从牛背上，坐到牛角上去。别人看起来，怪怕人的，劝我下来。我心里明白，大水牛不会跟我发毛的，它自然晓得，我在和它玩呢。于是，依然故我，手扶了它那长长的犄角，在它徐缓迈步中，悠然前行。此刻，大水牛的犄角便成了天然的摇篮。

那时，乡里孩子所放的牛，多半是有名字的。有大人给起的，有放牛孩子自己起的，叫什么"黑子"啦，"阿花"啦，等等。我也给大水牛起了个名字，叫"挂角将军"。这名号一叫开，还真让村上大人们惊奇，说"这小伙，真是喝了几口墨水了，给牛起这么个名字"。其实，这并不是我的创造，好像是从哪本小人书里看来的，现成的名字，借用一下罢了。

先前的农村，机械化程度远不及现在，几个村才有一台拖拉机、脱粒机，耕地、脱粒这类笨重的农活，便是依靠水牛来完成的。因而，每头水牛除了有个放牛的，还有个用牛的。放牛的，自然是些孩子；用牛的，则是些既懂得牛的习性，又精于农活的庄稼好手。乡里人习惯上称之为用牛师傅。

用牛顶多的时节是夏季。一春的放养，虽说偶或也下地干些农活，那只不过是碰碰罢了，水牛们还算是舒适的，很快来了一身膘。它们心里也明白，这身膘不是白长的，要苦一夏的。于是，耕田翻地，少不了牛；盘田作田，少不了牛；打场脱粒，也不少了牛。其间，牛的身上总离不了一样物件："格头"。木制的多为三角形，一边活动的，靠绳子拴。劳作时，架在牛脖子上，连上犁铧便能耕地，连上犁耙便能破垡，连上石碌子便能脱粒。要让一头水牛架上"格头"劳作，要驯几年的。无拘无束的牛犊子，自然不情愿架上这笨重碍事的玩意儿，抗争是难免的。然而，一心想让它走正道的用牛师傅是不会理睬它的抗争的。结果只有招来鞭策。在万般无奈之中，牛只好屈服。架起"格头"，牛便一生为人所用，一生劳作。无论耕地，还是破堡；无论打场，还是脱粒，用牛师傅只需尾随牛后，不时吆喝一两声，提醒牛是慢是快，是上是下，即可。其全部的重负，均在牛的身上。这样的季节，家乡的田埂上，多了用牛师傅的牛号子："噢嗬嗬噢嗬嗬——"有音无字，甚是悠扬。

农活越重，越要保养好牛，否则会误农时的。因而，只要自己所放过的牛一没有农活，放牛的孩子们都要把牛牵到青草肥嫩的河堤边，放上一阵子，哪怕只是傍晚收工的一会儿工夫，也放。望着比春季瘦了许多的水牛，小伙伴们心疼得跟什么似的。眼窝浅的，泪珠子早在眼眶里打转了。我便是眼窝浅的，有个两三天放不上牛，心里就不是滋味。见了"挂角将军"，总要在它身上摸了又摸，牵它到平日里看好了青草丰盛肥美的所在，好让它饱餐一顿。牛尽情吃草时，那风卷残云的样子，煞是可怜。它一边吃，我一边用弯刀子割，待到它回去时，早就满满一网袋嫩青草了。背回去，亦好让它再有个美美的下一餐。不经意间，火辣辣的太阳，成了红灯笼，坠落在西边的田埂上。这时，有人喊起来，"牵牛回家啰！"于是，一群放牛的孩子，披着夕阳的余晖，哼着乡间小曲，返回了。那夕阳，把放牛孩子和一头头牛的身影拉得长长的，映在田埂上。每每这时候，我总是走在放牛队伍的后头。我没骑上牛背，又背了一大网袋青草，自然没其他伙伴来得利索。伙伴们从我身边过时，便喊："哎，上牛背走哟！"我便笑笑，牵了牛，停着，让他们先过。之后，再背了网袋，吃力地前行。我忘不了，刚从用牛师傅手里接过牛缰绳时，"挂角将军"那可怜兮兮的神情。想着明天繁重的活计已在等着它，便宁肯自个儿费些力，晚些回，牵着它走，也不骑。"挂角将军"似乎明白了什么，竟转过头，伸出长长的舌头，舔舔我牵缰绳的手。舔着舔着，我的泪珠子便掉落下来。

夏日里，乡间多蚊虫。不用说人，便是牛也吃不消叮咬的。也多亏家乡人想得出，一到盛夏，便让牛进汪塘。这汪塘多半在村子场头边上，有大，有小。大的汪塘，能容几头牛同时打"汪"的，小的汪塘，便是一头牛独享了。汪塘里满是泥浆。这样一来，蚊虫再叮咬，就无济于事了。有那层泥浆护挡，牛便能安稳过夜了。否则，一夜下来，牛便会浑身血迹斑斑。偶有大意，忘了让牛进汪塘的事，也不是不曾有过。招来大人及村干部责骂不说，自己看了也会心疼的。于是，夏日里，不管是否放牛，均要早早起来，扛了水斗子去场头，给牛起"汪"。把牛牵出汪塘，到河边用清水冲洗牛身。傍晚，再赶到场头，将牛牵进汪塘。这一切，用牛师傅是不管的，事情全归放牛的。一早一晚，苦是苦点儿，小伙伴们没有不愿意的。不是说苦夏嘛，苦夏，苦的是牛。

劳作一夏，村上一群牛当中，总会出些事情的，伤了腿啦，生了病啦，抑或是刁伤了人啦，等等，这些事都有底。可偏偏那年夏季，我放过的"挂角将军"出了事，一村人便没法子了。用"挂角将军"的牛师傅，是村上诨名叫"癫扣伙"的人，说实在的，为把牛让给他用，我心头一直不痛快。先前，就为他架着"挂角将军"耕田时，用皮鞭抽我的牛，我便咬过他拿鞭子的手。别的放牛的孩子和用牛的师傅关系挺不错，就我们两个不行。他不拿正眼看我，我亦不拿正眼看他。我几次跑到队长门上，要求调个用牛师傅，队长就是不答应。这不，出大事啦！这死"癫扣伙"，把"挂角将军"折腾了一天，大早出门，擦黑才回来。他自个儿晓得累了，乏了，就不替"挂角将军"想想，由村口往场头走，得过一座两块水泥板子宽的小桥，他竟然不下来，骑着牛过桥。事情就出了，"挂角将军"上桥没走几步，前边一只蹄子踩空了，连人带牛，一起摔下了桥。说出来，哪个也不相信，那死"癫扣伙"竟没多大的事，我那身高架大的"挂角将军"竟再没能站立起来。现场的人都说,"挂角将军"头陷到泥里太深了,颈脖子都断了。我一听这消息,整个人都疯了,直奔像王连举似的缠着绷带的"癫扣伙",耳边上听得有人喊"拉住他,这小伙疯了"。终于,在大人们强拖硬拉之下,我什么也没能替"挂角将军"做,唯有一个劲儿淌眼泪。

牛死了,村民们便有牛肉分了。跟以往不同的是,往常分牛肉在冬季,队上老了不中留的水牛,便宰了,分些牛肉给村民过年。这回,是在夏季,"挂角将军"亦不是老了,它那般壮,离老早着呢。"挂角将军"死了,我家照便也分得一份牛肉,只是没等用来做菜,肉便不翼而飞。一家人至今都不晓得,那份肉,当下便被我埋在了屋后那棵老榆树下。

老　宅

　　老宅在老家关闭多年之后，终于易主了。

　　我从外地出差回来，妻在家中忙饭，说是父母亲均下乡，搬家去了。老家的那幢房子卖掉了，挺便宜的。"卖掉了？""愣什么愣，你不是一直主张卖的吗？"妻忙着手里的活儿，头也不抬，"刺"了我一下。

　　的确，对老家的房子，我一直建议父母亲卖掉。二位老人家仅我一个儿子，终究要和我们一块儿生活的。他们俩年岁一年大似一年，和我们住在一起，一家人团团圆圆的，好歹有一个照应。况且，城里乡下毕竟不大一样，能让二位老人家住进城，有诸多便利不说，我这做儿子的，脸上也有光嘛。然而，我多次提议，父亲好像不大积极，说："等等看，有合适的买主再说。"鉴于这种情况，我只好表明自己的立场：卖不卖，全凭父母亲做主。

　　老家在苏北平原一个颇不起眼的小村落。百十户人家，靠一条无名乡河而居，参差错落，疏密有致。鸭知水暖时节，乡河潺潺，岸柳抚风，时有扎了花头巾的女子，挥舞着船篙，口中吟唱着水乡小调，乘一叶小舟，从柳丛穿过，很是轻盈。夏秋之季，村树很是繁茂，村人的房舍多在浓荫覆盖之中，整个村庄均躲到绿荫里去了。偶或，有青砖红瓦的小楼房从绿叶间露出，隐隐约约，颇含蓄。这当口，顶热闹的，就数那鸣在树叶间的蝉了，它总是一个劲儿地在叫着："热啊——热啊——"

转眼间，天气变凉了，西北风劲吹起来。又飘雪花了，真是鹅毛似的，铺天盖地。一夜之后，打开门一看，院落白了，房顶白了，村树白了，巷道白了，整个村子都白了。那雪，亮晃晃的，直逼人眼，那才叫白呢。老人摸摸山羊胡子，对孙儿们说，这雪，好着呢！

老宅坐落在村西头，位置颇好。屋前一条水泥方块铺成的巷道，蛮宽的。屋后一条小河，河水清悠悠的。正屋南北向，三大间，红砖青瓦，颇高爽。前面一个院落，砖墙作围，宽宽大大。挨西砌有一间平顶房，房顶四周，钢管栏杆，焊接好，油漆好，一直银光亮灿的。正屋后，另有三间辅助用房，平行而立，堵了两端，一个小小的后院，自然天成。邻近河边，栽有五六棵榆树，笔直地往上蹿，颇高大。

早年间，我们一家六口人，平平和和的，就生活在这座老宅里。爱花爱草的妹妹们，总爱在院里栽上些栀子花、月季花，白的白，红的红，芳香四溢。妹妹们多半摘了花或送给平日里要好的女伴，或用针线穿成一小簇一小簇，往蚊帐里挂。一直勤于劳作的母亲，则在院角里、屋后榆树下，用小锹挖上几个塘子，栽上几棵丝瓜、扁豆之类。用不了多久，便有长长的丝瓜藤、扁豆藤爬到树上、院墙上去了。黄黄的丝瓜花、紫红的扁豆花开了，微风吹拂，似彩蝶翩跹，蛮好看的呢。当妹妹们玩花赏花的时候，我便爬到榆树上、院墙上，帮妈摘些青丝瓜、红扁豆，好让妈从地里回来给我们烧丝瓜汤、煮红扁豆。那时候，乡里人碗里看不到什么荤菜，能吃上新鲜蔬菜算是不错了。

夏夜，乡里人有乘凉的习惯。一家老小，便上了平顶，母亲早给我们铺好了席子让我们躺。人在高处，少了蚊虫叮咬，我和妹妹们便簇着父亲，让他讲故事。父亲是读过几年私塾的，肚里有些名堂，便一边摇着芭蕉扇，一边讲些牛郎织女鹊桥相会，孟姜女哭倒万里长城之类的故事。讲得不耐烦了，便用芭蕉扇拍拍他的孩子，"去去，让你妈接着讲"。母亲多半不会接着讲的，她顶拿手的，便是教我们认天上的星星。什么灯草星，什么石头星，还有什么笨婆娘撑帐子，那笨婆娘可真够笨的，帐子被她撑得一角上一角下，歪得很厉害。我们被母亲逗得"咯咯"直笑，笑久了，身子也乏，便睡着了。

父亲之于老宅的那份感情，我多少能领略到。在我的记忆里，父亲这一生造过四次房。父亲与爷爷分开过较早，爷爷家境不算富有，又有个小叔叔未成年，故而，父亲一结婚便搬出爷爷那大家庭，单砌炉灶了。一切都是自己动手，备些好稻草盖屋顶，脱些土坯砌墙，就这样有了立身之所，虽说也艰苦，但费力不费神。唯有建造老宅这一回，父亲费了好些心血，房子动工不久，便病倒了。先是房基，大队上通不过，其时，父亲已是大队会计"三把手"了。按说，房基不成问题。然而，就是大队支书那一关过不去，支书要我家上新庄基。新庄基，尽是刚从河里挑上来的土，不沉淀几年，根本不能砌房子，勉强砌了也不牢的。支书对父亲说，你是"三把手"，你不带头，社员就没人肯上新庄基了。父亲当时对新庄基规划就有想法，但这事情不是他说了算，只好闷在肚子里。父亲对支书说："不能光图面场上好看，社员建房是一辈子的大事呢。"父亲口气颇硬，支书只好走了。第二天，大队公勤员送信来说，要父亲到公社去做检查。

时值初冬，一场大雪刚下过。父亲单独对母亲说了些什么，扣好棉袄扣子，走了。一家人望着父亲渐渐远去的背影，在雪地上渐渐远成了一黑点，雪地上留下一行深深的脚印。

父亲去了公社，请来帮工的亲友只得回去，大队支书已下令我家房子停工。母亲只好带着我和妹妹们暂住在大队的大会堂里。大会堂大得很，能容得下全村人开大会。住着我家几个人，空空荡荡的，冷风直往里灌。父亲一去几天没回来，我和妹妹们冷得直抖，哭着要爸爸回来，要妈妈快建房子。

后来，房子自然建成了。只是父亲的大队会计也不当了。多少年过去之后，村里人都说父亲做事对得起自己的良心。因为，公社后来决定，重摆全村的建房规划了。

出差回来，我还是先去了单位。手头应急的事处理过后，总是惦记着搬家，便请了假，回去看看。刚到门口，便见几个妹婿在帮着搬东西，妻也在收拾。见我来家，妈便说："卖了也好，省了个牵挂。丢在乡下，也不怎么放心。"我点点头，问："爸呢？"母亲往内屋一指："在那儿呢。"我走过去，父亲坐在床沿上抽着烟，闷闷的，见了我，也没吱声。我想对父亲说些什么，张开口，终于没吐出一个字。

故乡的老街

　　故乡的老街，位于小城的中心地带，与建成于"大跃进"年代的牌楼路毗邻。老街东西走向，三四块水泥方块宽，街面多以水泥板为主，辅以小青砖镶边。偶或，有一两块条石散铺街心，露出些许古韵古风。看得出，街面已有变迁，不似原貌，怪可惜的。老街两侧，均为旧时建筑，颇古朴。南侧净一色平房，青砖黛瓦；北侧多为两层楼房，亦为砖木结构，楼上，木质雕栏，古色古香。这一南一北，一低一高，错落有致，构成了老街独有的整体建筑风格。

　　老街吸引人的不仅是它的建筑。它那浓郁的地方风情，独具特色的地方风物，魅力则更强。

　　走进老街，恍若走入另一时代。由西而东，最先映入眼帘的，是街北一幢两层古式小楼。楼上木质护栏，朱漆斑驳，楼下过道大门，以青石为槛，两边雕花石柱直立，其花纹亦不甚清晰，折射出时事的变迁，世道的沧桑。现时居住楼内的人家，是否祖居于此，不得而知。然，这座宅院曾有过一段辉煌，是肯定的。楼下的一间小店，经营行当单一，悬于门外的"代划玻璃"招牌，一望便知。店堂内，一张覆了粗布的四方桌，便是代客划玻璃的工作台，一把划玻璃用的工具刀，置于其上。靠壁根，堆积着不少细长的玻璃边料，白的、蓝的、茶色的、平板的、雕花的，颇杂乱。店堂四周悬着各式画匾，净是玻璃质地，形状、大小不一，有松鹤延年图，有福禄寿财图，有黄山迎客松，有富士山雪景；等等。想来，此为店主兼营。堂内职员唯一老者，戴老花镜，须发皆白矣。但见其静坐堂内，掌管门市，候客上门。似这等住家兼开店，在老街上随处可见。店主以自家手艺吃饭。除划玻璃之外，还有修钟表的，刻公章、私章的，敲白铁皮的，绱鞋子的，拔牙的，绣花的，做篾子针的，配钥匙的……这当中，数刻章店人多，其他行当多半是唱"独角戏"，根本无法与之匹敌。但见刻章店内，一字形的柜台上，挨个儿排下来，少说也有七八个刻章的工匠，手握工具，依了客户提供的字样，正字反刻，一刀一刀，正楷隶篆皆能。要说工艺简便而又独到，则数做篾子针的。此为女子织毛线衣所需之物。干这一行，为主的工具就一样，一块钻满了洞眼的铁板子。事先劈好的竹条子，长短粗细跟篾子针差不离了，就一根一根上铁板抽。只需将竹条子一头塞进铁板上的洞眼，使之稍露，便用钳子夹住，用力抽动，几个来回，竹条子由粗糙渐至圆滑，稍作加工，一根篾子针便做成了。原来工匠用的铁板，每个洞眼都有讲究的，有"口"，颇锋利。老街上做篾子针的师傅亦挺讲究的，每根篾子针做成后，还装上个八角锤，亦为竹质，挺小巧的。这样一来，篾子针不仅好看了许多，且为日后用此针打毛线衣的女子提供了便利，线头不再会在无意间从另一端滑脱。

老街人的手艺特殊，所做的买卖亦特殊。老街上，有卖竹刷子、竹夹子的，有卖鱼叉、铁锹、铁铲子的，有卖水壶、油漏子、畚箕的，有卖火纸、斗香、蜡烛的，有卖针头线脑、小孩满月穿的小花鞋的。顶是那小花鞋叫人怜爱，挺小巧的模样，一双鞋放不满大人的一只手掌。滚鞋口，绱鞋底，一应与大人鞋子一般工序，只不过鞋底是软的。做鞋的，多为上了年岁的老太，晓得刚满月的小家伙，脚丫子嫩着呢，得软底才行。奇的是，这些老太给娃儿鞋绣起花来，眼明手快，“宝刀不老”，瞧，那龙凤图，那花鸟图，那“虎头王”，那“双玉兔”，一个个惟妙惟肖，栩栩如生，让人赞叹。

然，老街上顶多、顶特殊的买卖便是卖花圈、寿衣的了。不足一华里的老街上，就有五六家花圈、寿衣店。卖花圈，有做招牌的，多为白铅皮上书“出售花圈”四个黑字，有省事的，则直接将一只大花圈悬于店门之外，过客一望便知。与卖花圈为邻的，多为寿衣店，寿衣都是成套成套的，既有粗布打包，亦有糊了红纸的，且书有“寿比南山”“福如东海”“蓬莱聚会”等字样，此是专供人家做喜斋用的。当地人，碰到家中、门上有上了年岁、儿孙满堂的老者辞世，便不再作丧事办，而是给仙逝者做喜斋，以示逝者福寿双全。与寿衣配在一起而售的，有纸钱、香烛之类，亦有做寿幛用的各式被面。

老街不仅留住了一种风情，更拴住了小城古老的文化。老街两端，东有建于明朝的东岳庙，西有“文物精华”四牌楼；老街中段，亦有小城重点名胜八字桥。东岳庙，为小城中保护最为完好的明代高层建筑。传说明代状元宰相李春芳，其母想去京城望望皇宫是何等模样，无奈路途遥远，实难成行。李相国极孝，便下令在家乡建一宫殿，其造型、构造皆似皇宫，只是缩了些尺寸。如此，其母无须长途跋涉，在家门口便能见到皇宫，且能久居。宫殿建成，李相国算是尽了孝道。然，天有不测风云。政敌有本奏至皇上，言李春芳谋反，说皇宫都已建好，言之凿凿。在这生死攸关之际，李相国不愧为状元出身，灵机一动，下令将宫殿更名为东岳庙，突击塑起佛像，住进僧侣。朝廷派人来时，眼前已是香火不断，游人如织。此后，东岳庙便成了小城人求神拜佛、算命打卦、消愁解闷之所在。

八字桥，建于明代万历年间，原名登瀛桥、中和桥，后因整座桥型酷似"八"字而改名。漫步老街，眼下所见八字桥，仅存先前的桥型，整座桥由条型青石板铺砌而成，横卧长安道上，为小城唯一一座卧路古桥。在这出门见水，无舟不行的水乡小城，竟有此等古桥，绝也。然，传说中的八字桥，则可谓绝而又绝。说，八字桥融桥、楼、亭、坊为一体。桥即其自身，楼为几家大商铺楼房紧排其上，亭为明朝知县陈宇在楼上所建的凌霄亭，坊为旌表李春芳之女而加建的节孝坊。又说，八字桥是桥里庙、庙里桥。说是八字桥腹部有座小庙，庙内有砖刻佛像及桥形图，如今尚在，只是未敢轻易挖掘，不知何日有此眼福。

四牌楼，始建于明代，毁于"文革"。而今位于老街西端的四牌楼为一九八七年重建，保持了原先亭式牌楼的风貌。上悬四十七块匾额，除七块属修复原字外，余下四十块，又依据县志所载内容，请全国四十位著名书法大家重写匾额，使此楼不仅成为反映小城历史文化的文物，更是反映当代中国书法艺术之瑰宝。牌楼最早的一块匾"开科第一"，为宋朝进士时梦琪立，此人为小城进士第一人，曾做过知县。重书匾额者为著名书法家林剑丹。有趣的是，牌楼中有一块匾"仁寿之徵"，是为民国百岁老人康龄而立的，而重书匾额者亦为年逾百岁的老者，当代著名书法家苏局仙。四牌楼上许多的匾额记述了小城历代名人，也记述了小城历史文化。区区小城，明代就有高谷、李春芳、吴甡三位宰相；区区小城，还出现了小说大家施耐庵，有"东方黑格尔"之称的美学家刘熙载，诗、书、画三绝的"扬州八怪"杰出代表郑板桥等一大批历史文化名人。如今的四牌楼，更收录了许多书法大家的精品佳作。赵朴初老先生所题"第一元勋"，书风古朴；启功先生题写的"万邦总宪"四个大字，俊秀挺拔；沙孟海先生所书"状元宰相"匾额，雍容大度；更有著名女书法家肖娴的作品"南宫第一"，飘逸空灵。此外，数十位大家的作品，书体各异，流派纷呈，实在说来全国范围尚属罕见。

老街，东起于东岳庙，西止于四牌楼，其间似乎有一个氛围特别的"场"，令步入者恍若隔世。由四牌楼转而再西，步入闹市，眼前是灯红酒绿，高楼大厦，人如流，车如梭，多了些许繁华，多了些许喧嚣，人们的脸上亦多了些许倦意……细细想来，在散发着现代气息、追求现代生活的小城里，竟有老街这一空间存在，奇哉，妙哉。

露天电影

调至宣传部门工作不久，便参与组织了一次"送文化下乡"巡回活动。其时，上上下下都在喊"送图书下乡""送电影下乡""送戏下乡"……颇热闹。说实在的，我总觉得是否必要。然而，当我在某一"村小"（乡村小学）看到操场上坐满了黑压压的人群，都在盯着悬于球架间的银幕时，当我看到我们带下去的影片《敌后武工队》引起了全场群众热切的欢呼时，当我看到电影散场以后那久久不愿离去的人群时，我愕然了。那熟悉的场面，那熟悉的情形，把我带到了早已淡忘了的童年时代，带到了我整个童年时代都离不开的露天影院。

我的童年是在苏北平原上一个不起眼的小村子里度过的，和所有乡里孩子一样，盼电影放映队到村上来成了我顶快活的事情了。电影放映队一来，村上就有露天电影了。其时，看露天电影几乎成了乡里人生活里主要的精神文化享受。

露天电影的场地，多半在村庄那空旷的打谷场上。打谷场，稻谷入了仓库，稻草堆成了垛，空旷、平整，好容人。稍稍像样子的村庄，露天电影也有在学校操场上放的。这学校起码得是个完小（完全小学的意思，小学几个年级要齐全），否则操场根本不够用。在学校操场放电影的好处，一到冬季就显示出来了。西北风刮得呼呼的，露天里，人们冻得直发颤，可电影放映队个把月才来村上一趟，咬着牙也要看到结束。这时，倘若是在学校操场上，那四周高高的围墙，便能把寒风挡在墙外，在墙内看电影则暖和多了。

家乡是苏北出了名的水乡，出门见水，无船不行，历史久矣。因而，电影放映队，实则是电影放映船。一个乡，几十个村，就一条电影船，一台放映机，配两三个放映员，其中明确一名为队长。电影船先到哪个村，后到哪个村，是有规矩的，这是乡里管的，不要说放映员没权，就连队长也不好擅自变的。当然，个别情况特殊的，另当别论，其实得看队长与乡里分管干部的私交怎样了。不过，放什么片子，是放一部，还是两部，则是凭队长、放映员做主。知道内情的，便事先跟电影船上的人打好招呼，轮到他们村放映时，不仅能看到新片子，而且能看上不止一部，狠狠地过把瘾。这人情，村上自然得有数才行。于是，电影船那"突突突"的柴油机声在村河上一响，村干部便安排公勤员忙着到村民家逮鸡、逮鸭，到代销点打酒、买烟，忙活起来。

"今晚放电影啰！""电影船来啰！"先是村子上的小孩子欢喜得跟什么似的，蹦着，跳着，喊着，跑回家。很快，今晚村子上要放电影的消息就传开了。尽管天色还早，大人们都结了手里的活儿，回家做晚饭，好逸逸当当地到场头上看电影。小孩子则忙得更欢，扛大凳，搬椅子，抬桌子，一个劲儿往场头跑。一会儿工夫，空旷的场头上，便摆满了高高低低、长长短短的凳椅，一行挨一行，倒还算得上齐整，像是训练过的一般。其实，每一回村上来电影船，小孩子们都是这样，早早地在场头排满了凳椅，习惯了。

露天电影不像城里影剧院里的电影有放映时间、放映场次，露天电影放映的早晚权在放映员手里。几乎每一回露天电影，大人也好，小孩也罢，都要盯着场头上那白色的电影幕子好一阵子，回头望望放映机，摆在大桌子上，就是不见放映员的人影，只好再盯着那白色的银幕。在人们急切的等待之中，放映员浑身散发着酒气，在村干部的陪同下，来到了放映机旁。此时，人群一阵欢腾："噢——噢——"他们为终于等来了又一场露天电影而兴高采烈。其实，一场电影很少是极顺利地看完的，其间总会生出一些事来，断带啦，发动机出故障啦，换电啦，甚至人群里为个鸡毛蒜皮的小事争执啦，有个男人的手伸到人家老婆的胸前啦，诸如此类，搅得场头上乱哄哄的，人们心头烦躁躁的。尽管如此，又没有哪个舍得离开，电影船来，不容易噢。

其时，露天电影的片子，多半是战争影片，几乎是从一开机就"冲啊——杀啊——"，直到放映员从麦克风里说出"电影散场以后，请大伙儿慢慢走"，那银幕上依旧是冲锋号不断，喊杀声不断。即便如此，大伙儿还是津津有味地，直着脖子，站着看完影片的结尾。自然也有例外的。在我的记忆里，村东头就有一个叫"开大钱"的人，每每银幕上战争进行到极艰巨、极关键的当口，他便提了小凳子，早早离去。别人甚是不解，奇怪如此紧张的战争，他怎么不看个究竟。别人询问，"开大钱"似乎胸有成竹，丢下句"看什么，中国胜！"悠然自得地离开。此后，"开大钱"的"中国胜"在村子上很是流行了一阵子。逢到电影船来村上，便有小年轻拿"开大钱"寻开心，"开大钱，今晚放什么电影哟？""嗐，中国胜！""开大钱"把握十足，丝毫没有开玩笑的意思。你别说，那时的战争电影，还都叫"开大钱"说中了，到片子结束，都是"中国胜"，无一例外。

看露天电影，绝不仅限于本村人，邻近村子的大人、小孩也很多。这一带，村与村相隔算不得远，碰上顺风向，一个村上放电影，另一个村上的人坐在家里也能清清楚楚地听得见电影里的台词呢。那年月，乡里人做梦都没见到过电视机，一年难得进一趟城，即便是进了城，也舍不得花几毛钱买一张票坐在影剧院里的，那要得一个劳力做几天工呢。露天电影，在他们精神文化生活里就显得非常之重要了。因而，电影船今晚在哪儿，明晚又去哪儿，他们都打听得一清二楚。为了一场电影，跑三五里乡路，将衣服脱了举在手里，踩水游几条河，那是常有的事，不稀奇，我也干过。

露天电影，给乡里的孩子们带来了无穷的欢乐，给乡里的青年男女则带来了播种爱情的土壤，尤其是青年男女成群结队去邻村看电影，一来一回，要走好几里乡路呢，那人群则越走越散，越走越稀，渐渐地，没了先前的嬉笑，没了先前的队形了，定神一看，多半是成双成对的了，似戏水鸳鸯，散在田野里。要是碰上明月当空的夜晚，那对对情侣，漫步乡间小路，享受乡野夜晚的安谧，享受如水月色的轻柔，享受两情相悦的温馨，暂且丢掉一切，什么都可以不想，岂不美极、妙极。若是碰上黑夜，又忘了带马灯之类，那便会生出些笑话来。那青年男女，自顾卿卿我我、亲亲密密，稍不注意，"扑通"，整个人均下了槽沟，待后边有马灯的上来一照，一对鸳鸯，顿时成了两只落汤鸡，引得一阵大笑。随后，要挂在人们嘴边好一段时日，才被渐渐淡忘。

这些都是二十几年前的事了。在外地读过几年书之后，就一直在城里做事，乡村对于我似乎变得陌生了，童年时代的一切亦变得模糊了，唯有那露天电影，则成了留在我脑海里一道抹不去的风景，我童年时乡村独具魅力的风景。

入住日涉园

与一个园林如此亲近，住于其中数月，在我来说恐怕要数日涉园了。五年前，年轻的地级泰州市组建没几个月，我奉调至泰州工作，和其他调泰干部一样，刚到泰州时便住在乔园宾馆，也就是日涉园内。

日涉园，在泰州海陵南路上，建于明万历年间，为太仆陈应芳的私人住宅园林。日涉园其名源于陶渊明《归去来辞》中"园日涉以成趣"之语意。现在的泰州人又多称之为"乔园"，因为此园曾一度被两淮盐运使乔松年占有，故有此称。

日涉园布局小巧雅致，颇具江南园林之神韵。整个园林以山响草堂为中心，南部凿池叠山以成主景，北部辟有庭园。草堂前，池水蜿蜒，山石环抱，主峰上立着三枝石笋，亦似三柄长剑，直指天空。难怪宾馆有一处建筑取名"三峰楼"呢，想来是借此景而得其名也。水池上架一环洞小桥，过桥入洞，便可领略曲径通幽之雅趣。入住其间，几乎每日清晨，我都要到主峰上漫步，欣赏"皱""透""瘦"皆备的湖石假山，亲近那一杆杆青青翠竹，沐浴那初升的阳光。听说，宾馆的标志图案源于这园中翠竹，六片竹叶灵动组合，细看是一个"乔"字，加上圆形边框，暗含一个"园"字。我很是为设计此图案的友人感到高兴，他则连连摆手，说是灵感完全来自于日涉园。的确，置身于如此俊秀而充满灵性的园中，定能有所收获。难怪乡贤梅兰芳一九五六年三月初回故乡祭祖扫墓时便下榻日涉园。园中至今还保留着"梅兰芳下榻处"呢。一代京剧表演艺术大师返乡，在人民剧场演出了《贵妃醉酒》等剧目，形成了"万人空巷看梅郎"的盛况。直至今天，当地人一提及此事仍有掩饰不住的骄傲与自豪。

在花神阁遗址前的山峰间，有一株古桧柏，树形苍劲，颇具古意。无奈，我是个外行，仅观其形而不知其年龄。不过，非历经人间风雨，阅遍尘世沧桑，而不能有此外观。山巅东边是半亭，西幽谷上为数鱼亭。草堂后，尚有绠汲堂、松吹阁等建筑。整个园林，翠柏苍松突出，修竹芭蕉遍植，四时花草不断，置身园中有一种浓浓绿意。尤其是经过一天繁忙的工作之后，漫步园中，那满眼的绿色，更是爽心悦目，那弥漫着的淡淡的清香，沁人肺腑，令人神清气爽。

入住日涉园，让我体会到置身园林之妙。无怪乎，古人总是想寄情于山水呢。谢谢你，日涉园！是你让我做了一回现代的"古人"。

遥想大海

也许是生长于平原水乡的缘故，在我的心底始终有一种对高山峻岭、对江海大泽的崇敬和向往。置身于辽阔无际的平原，望着那绿油油的麦苗儿、金灿灿的油菜花在春风里起伏荡漾，望着那秋天蔚蓝色的天空下滚滚的稻浪，望着那野藤般乱缠的河汊和河汊上撑着小船悠然而行的乡亲，我总是扼制不住心中的念头：那崇山间、大海上该有怎样的景物？生存于那里的人们该有怎样的生活呢？

我无端地觉得那浩渺的大海上，一定有仙山琼阁存在，一定有美丽动人的仙子。这些自然是年少时那一册册童话带给我的想法。坦率说，对于大海有一点真切的认识，则是缘于一个外国人的一篇文章。"在苍茫的大海上，风卷着乌云，在乌云和大海之间，海燕像黑色的闪电……"不错，就是高尔基的著名散文《海燕》。我相信，不仅仅是我一人，像我这样生长于平原水乡的孩子，绝大多数是从这篇文章里认识大海的。尽管课堂上，老师反复讲述的是海燕。

有了走南闯北的经历之后，倒是见过一些大泽名川，其中自然包括大海。在笔下形成文字的就有十来篇呢，《江山如画入廊来》中有昆明湖，《走近丽江古城》中有丽江，《游长江三峡》中自然有长江，还有写漓江、澜沧江、千岛湖、西湖、太湖……点来点去，似乎没点到写海的。还真是的，专门写海的真还没有，有一篇《追忆日光岩》，这当中写到了台湾海峡，写到了对海峡对岸亲人的思念。所以，当我有机会亲赴台湾探望多年不见的亲人们时，我放弃了去写那闻名遐迩的阿里山、日月潭，而是写了在台的亲人们，有了一篇《五千个日日夜夜的等待》。尽管平日里，亲近海的机会并不多，但在台湾、在海南、在深圳，倒还是有了让我亲临大海、投身大海怀抱的幸运。望着那蔚蓝色的海水，蓝绸缎一般从脚下铺展开来，一直铺向遥远的天边，是如此广博，如此辽阔，如此浩渺，怎不让人胸中浊气尽吐，心旷神怡，胸襟更加开阔呢？当道道巨浪从水天相连处滚滚而来，发出惊天的轰鸣，矗起座座浪峰，在相互迅猛的撞击中绽放成晶莹洁白的花朵，是如此雄悍，如此激扬，如此澎湃，怎不让人弃俗务中之猥琐，心中豪情顿生，血气更刚呢？我知道，仅凭我如此初浅地与海接触只能了解海真实面貌之万一，多种自然环境下，海会有多种不同的状态，而观海者年龄、心境的不同，也会见到不一样的海。海之于我，多数时候只能存在于想象中。

其实，现在看来，我对大海的向往倒不是无端的。宋朝一个叫范仲淹的人，在我的家乡做过官，他在做官期间做了一件功德无量的事情，修筑了一条长长的海堤。据说，那时的先民们年年受海潮侵害，于是范仲淹叫人用稻糠撒于海中，海水退潮后留下稻糠附着的蜿蜒曲线，范仲淹便下令组织民工沿此曲线修筑海堤。同时，将海堤之外的人家全部搬迁堤内耕种生活。由于海潮涨到海堤就会退回，所以海堤便成了一道坚固的屏障。人们终于摆脱了年年修堤，年年堤毁，年年受淹的厄运。家乡人为了表彰范仲淹的功勋，就把这条海堤叫作范公堤，一直叫至今天。

原来，我的先民们都是在海边生活的。如此一来，泰州被称之为海陵便理所当然了。海陵，顾名思义，乃海边高地也。当我置身于兴建中的望海楼前，听凤城河风景区负责人介绍，这望海楼是按照宋朝建筑风格重修，为二层加平坐，楼高三十二米，建成后将是凤城河风景区核心景观。登斯楼，可东眺桃园，南观百凤、百龙二桥，西瞰文会堂、文正广场。楼前广场中央立青铜方鼎，广场前沿河建牌坊，南侧设游船码头。西行至水溪，有水流沿假山石而下成瀑布之势，积水成潭，望海楼倒映其中。如若风起浪高之日，水拍石滩，便可成望海听涛之景。

听着景区负责人的介绍，我心想，这不仅是眼前这座始建于南宋绍定二年古楼之幸运吧，它的重建可以让"气吞湖光吞五岭，剑横秋影薄三台"的气概再度呈现于世人面前，同时，也让我们这些心底对海充满向往的海边先民的后裔，能够在自己家门口望海听涛，激荡起对大海的无限向往，从而让自己的心胸更加宽广，情怀更加激昂，岂不快哉！

第二辑：风生水起

菱

　　故乡河汉，野藤般乱缠。每至夏季，乘船而行，水面上满是菱蓬，傍着堤岸，铺向河心。几丈宽的河面，仅留下船行道。倒也有些宋人杨万里"菱荇中间开一路，晓来谁过采菱船"之诗意。

　　菱蓬长得旺时，挤挤簇簇的，开着四瓣小白花。远远望去，绿绿的，一大片，一大片，随微波一漾一漾的，起伏不定。白白的菱花落了之后，便有嫩嫩的毛爪菱长出。

　　菱角，因其肉味与栗子仿佛，且生长于水中，故有"水栗子"之称。明代著名医药学家李时珍在他那部著名的《本草纲目》中这样记载：菱角"其叶支散，故字以支，其角棱峭，故谓之菱"。古人曾将四角菱、三角菱，称为"芰"，而两角的，才称作为"菱"。唐诗人郑愔曾有诗云：

　　　　绿潭采荷芰，
　　　　清江日稍曛。

故乡一带的菱角，种类单一，多为四角菱，当地人称为"麻雀菱"，是何道理，弄不清楚。间或，也有两角的"凤菱"，红红的颜色，颇好看。至于那瘦老、角尖的"野猴子菱"，则是野生的，吃起来，戳嘴得很，没人喜欢。

　　故乡人种菱，喊作"下菱"。上年备好的菱种，用稻草缠包着，在朝阳埂子上埋了一冬，早春挖出来，到河面上撒。大集体时，一个小队几条水面；分了田，便是几户人家合一条水面。下了菱种的水面，在端头的堤岸上，做起两个土墩，扑上石灰，行船的看那白石灰墩子就晓得这河里下过菱了。

　　翻菱，是件颇需本事的活计，胆子要大，手脚要灵，多是女子所为。

　　故乡的女孩子，多是翻菱好手。一条小木船，前舱横搁上船板，窄窄的，颇长，似飞机翼一般伸向两边。翻菱人蹲在船板上，墨鸭似的。后艄留一人撑船。这前舱的人，上船板要匀，否则，船板一翘，便成了落汤鸡；后艄撑船的，讲究船篙轻点，不紧不慢，快了菱蓬翻不及，慢了又费时。

　　试想，绿绿的河面上，五六个女子簇在一条小船上，定然是色彩斑斓，于流水潺潺之中，菱蓬起落，嬉笑不断。

　　我这里所说的"翻菱"，到了古代文人的笔下，便是文气十足的"采菱"了。唐代诗人刘禹锡，其诗作《采菱行》中就有这样的诗句：

　　　　白马湖平秋日光，
　　　　紫菱如锦彩鸳翔。
　　　　荡舟游女满中央，
　　　　采菱不顾马上郎。

　　刘禹锡写出了白马湖上采菱女欣喜欢悦的情形。而南北朝徐勉的一首《采菱曲》则写出了少女的相思：

> 相携及嘉月，
> 采菱度北渚。
> 微风吹棹歌，
> 日暮相容与。
>
> 采采不能归，
> 望望方延伫。
> 倘逢遗佩人，
> 预以心相许。

这样的情形，在我们所处的年代是不可见矣。自从分田到户，不仅地分了，水面也分了。大集体时，一个生产队社员集中在一起劳作的场景，不见了。就连下菱种，也都变成各家各户自己的事情啰。

现在翻菱，很少撑船了。几张芦席大的水面，多半由家中姑娘，抑或媳妇，划了长长的椭圆形的澡盆，便可翻菱。

人蹲在澡盆内，双手作桨，边划边翻，翻翻停停，停停翻翻。此法，更需平衡之技能。稍稍一斜，便会翻入河中。小木盆停在菱蓬上，翻过一阵，再向前划一段。之后，停下再翻。如此反复，用不了多少工夫，芦席大的水面，皆翻遍了。大姑娘，或是小媳妇，此刻便不能坐于澡盆里了，她坐的位置已被水淋淋、鲜嫩嫩的菱角所取代了。她们只能将澡盆牵在身后的水面上，"扑通、扑通"游水回家。那拍打河水的声响，响在河面上，竟有些孤寂。的确，原本嬉笑不断之所，再难有笑声漾出矣。

这菱角可入药，在《本草纲目》中亦有记载。说，菱角能补脾胃、强股膝、健力益气，还可轻身。所谓轻身，便是眼下流行的"减肥"，想必会受到众多女士的青睐。

还有报道称，菱角可防癌。一九六七年的日本《医学中央杂志》上说，菱对抑制癌细胞的变性及组织增生均有效果，言之凿凿，不由你不信。更有热心者开出了防治之"方"：用生菱角肉二十个，加适量水，文火慢熬，成浓褐色，其汤汁即可服用。一日三次，可防治食道癌、胃癌、子宫癌、乳腺癌。

菱角能否防治癌症，暂且不去深究。倒是那刚出水的菱角，汰洗干净，漾出浮在水面的嫩菱，之后便可下锅煮，煮好即食。真正是个"出水鲜"。

嫩菱角，不煮，剥出米子来，生吃，脆甜，透鲜，叫人口角生津。对于乡间的孩子，倒是上好的零食。

若是做菜，则首推一道"鲜菱米烧小公鸡"。从厨艺角度，几乎不值一说。但从食材来说，充分证明菜品食材选择之重要。这道菜，取刚出水的菱角，剥成米子，再取刚打鸣的公鸡仔，白灼而成。

这样一来，这菜品便是占全了鲜、嫩、活三字，怎么不叫人垂涎呢？

河　藕

　　家乡一带，有河塘的所在，不是长菱蓬，便是长河藕，荒废不掉。生长着河藕的塘，看上去，满是绿。圆圆的荷叶，平铺在水面上的，伸出水的，蓬蓬勃勃的样子，挤满一塘。偶有一两滴水珠，滴到荷叶上，圆溜溜的，亮晶晶的，不住地转，或滑到塘里，或停在叶心，静静的。不留意处，冒出朵荷花来。粉红的颜色，一瓣一瓣，有模有样地张开着，映在大片、大片的绿中，挺显眼的。也好看。

　　顺着荷叶的杆儿，往下，入水，入淤泥，方能得到藕。从河塘中取藕，得"歪"。"歪"藕，全靠腿脚的功夫，与"歪"茨菇、荸荠相仿，只是更难。

　　河塘，多半不是活水。久而久之，便有异味，淤泥亦变成了污泥。从污泥中生长而出的荷花，有了"出污泥而不染"之美名。宋人周敦颐在《爱莲说》中曾极鲜明地表达自己的观点："予独爱莲之出淤泥而不染，濯清涟而不妖，中通外直，不蔓不枝，香远益清，亭亭净植，可远观而不可亵玩焉。"

其实，荷花早出了水面，不受水污，用不着奇怪。倒是那从污泥中"歪"出的藕，一节一节，白白胖胖的，婴儿手臂一般，着实让人感动。

前人曾有诗云："玉腕枕香腮，荷花藕上开。"所描绘的便是类似这样的"玉臂藕"。这倒引出一段文坛掌故——

为避战乱的郁达夫，携妻带子到了湖南汉寿一个叫"花姑堤"所在。其时，正是河藕飘香的时节，两余里的花姑堤，满眼望去皆是莲藕，清香扑鼻。郁才子吟咏起了曹雪芹祖父曹寅的《荷花》诗：

> 一片秋云一点霞，
> 十分落叶五分花。
> 湖边不用关门睡，
> 夜夜凉风香满家。

郁达夫边吟诵，边对邀他前来的当地名士易君左道："若能在这花姑堤住下，大口大口地呼吸，才不致辜负这般清香与诗意。"

两人交谈之际，发现堤岸边，两个少女正在洗刷农人刚从藕塘里采挖上来的新藕。但见两少女皆头扎花头巾，身穿蓝印花布斜襟衫，一双会说话的大眼睛，水灵秀气得很呢。最是那持藕的手臂，嫩，且白，与洗净的藕节一样，雪白，雪白。这郁才子儿时见过这样的场景，竟顾不得有妻、子在场，被少女身上散发出来的健康美，击晕了。此时，他真的分不清哪是藕，哪是少女的手臂。

"这就是传说中的玉臂藕！"易君左在一旁悄悄提醒道。

两个少女见两位长衫先生，如此注视着她们刷藕，几乎入了迷，便唱起了采藕歌："长衫哪知短衣苦，消闲无聊乱谈藕。"

这下，郁才子诗兴来了，连忙回应道："只因不解其中味，方来宝地问花姑。"

当少女知道，眼前应和自己的是位大文豪，也羞涩地邀请郁达夫一行到她们家中品藕。待少女呈上刚采上来的嫩藕时，郁达夫望着鲜嫩有如少女手臂的藕节，迟迟舍不得动口。

"达夫先生是不舍这泥中娇物吧？"易君左借机打趣道。

这时，郁达夫已无退路，只得张口便咬。只见那藕丝从他嘴角一直拖出，长长的，并不肯就此断下。弄得郁先生是继续吃也不是，不吃也不是。那嘴角，又有藕汁溢出，模样够尴尬的。两个少女见大文豪如此状况不断，只能掩面而笑。

拿着少女赠送的长节嫩藕，郁才子对这乱世之际的清雅偶遇，感慨万千。一如手中散发着的藕之淡香，让人眷恋。

其实，不只是文人雅士对这藕情有独钟。在民间，藕也是有着成就美好姻缘之佳话的。在故乡一带，八月中秋一到，河藕便贵起来。何故？

在乡间，到了年龄的青年男女，正月里想办"大事"，男方得让女方心中有数，有个准备。于是，备了月饼、鸭子之类，其中，少不了一样：河藕。在中秋节前，由女婿送到老丈人家里。这便叫"追节"。

"追节"的荷藕，颇讲究。藕的枝数得逢双。藕节上，要多杈，且有小藕嘴子，万不能碰断的。断了，不吉利。被乡民称为"小藕嘴子"的，有正规叫法："藕枪"。如若偏老一些的，则叫"藕朴"。乡里人腹中"文墨"有限，叫喊起来，并没有那么多的讲究。

常言说，藕断丝连，此话不假。我们从郁达夫先生咬藕的经历中也看到了这一幕。对于普通乡民来说，他们不一定在意郁达夫先生的尴尬，当然也就不会在意那挂在先生嘴角边的藕丝。

然，故乡人做一种常见的风味吃食"藕夹子"，这时便会真切地体会"藕断丝连"一词的意味也。

做藕夹子，首先要将藕切成一片一片的。这时，便可发现，藕切开了，那丝拉得老长，依旧连着。

将切好的藕片，沾上调好的面糊，丢到油锅里煎。这是做藕夹子的又一道工序。滚开的油锅，藕夹子丢进去，用不了多会子便熟了。煎藕夹子，香，脆，甜。

考究的人家，两片藕中间夹些肉馅之类，再煎，味道更好。

用河藕做菜，真正考究的，是做藕圆子。用芝麻捣成馅儿，做得小小的。藕，不是现成的藕，得用藕粉。有了芝麻馅儿，有了藕粉，再备一只开水锅，便够了。

做的程序如下，将做好的芝麻馅儿，丢在藕粉里，轻滚。藕粉最好放在小竹扁子里，好滚。滚，讲究的是轻，是匀。不轻，散了架；不匀，不上圆。滚过一层，丢进开水锅里煮，一刻后捞起，晾干，再放在藕粉里，滚。如此反复。一层一层，滚得一定程度，藕圆子便成形了。

将藕圆子做成餐桌上的一道甜点，远在橘子、蜜桃、菠萝之类罐头之上。那藕圆子，香甜具备，自不必说。轻轻一咬，软软的，嫩嫩的，滑滑的。

据说，乾隆年间的江南才子袁枚，天生爱吃熟藕，尤爱那种嫩藕煮熟后的味道，软熟糯香，咬下去又有韧劲。

江南一带的熟藕，除了糯米藕，还有糖醋藕。这在袁枚《随园食单》和民国张通之《白门食谱》两部著作中，都曾分别作过记述。关于糯米藕的做法，袁才子的记述如下：

藕眼里灌入糯米，用红糖蜜汁煨熟，与藕汤一起煮，味道极好。

而张通之讲糖醋藕的做法，也很简单：

切成薄片，以糖和醋烹成，最耐人寻味。过几天，依然香生齿颊。

故乡常见煮河藕卖者，用一大铁锅，老大的，支在柴油桶做成的炭炉上，立在路旁。卖河藕的，边煮边吆喝，"熟藕卖啦"。上学下学的孩子，都挺喜欢买熟藕吃。

我们六十年代出生的人，小的时候，在故乡是吃不到袁才子说的那"糯米藕"的，当然更不见张通之记述的"糖醋藕"。

藕孔里灌糯米，曾经很常见的。听老辈人说，早年间卖熟藕，藕孔里都是灌满了糯米煮的。想来是"三年困难"之缘故，人连野菜都吃不饱，哪里还有糯米给你煮糯米藕？

这一段岁月，早已尘封于一代人的记忆之中。如今的故乡，卖"糯米藕"的多起来，家中孩子们喜欢吃的，随时可买。只是一见那"甜""黏""稠"之汤汁，便不敢像孩子们那般狼吞虎咽了。

岁月不饶人。多糖甜食，毕竟已经不太适合年过半百的我们矣。

"高瓜"

故乡兴化，出门见水，早年间无船不行。乘一叶小舟，傍河港、湖荡缓行，便可见堤岸边，水面上，碧青的"高瓜"叶儿，一簇簇，一丛丛，蓬蓬勃勃。偶或，微风吹拂，便飒飒作响，随波起伏。

"高瓜"，在我们孩提的记忆里，总是和一头大水牛连在一起的。在那个耕地靠老牛的年代，哪个农家孩子没有干过放牛的营生？

我的记忆里就一头大水牛。在我的长篇小说《香河》里，我称它为"挂角将军"。"挂角将军"，黑黑的毛，黑黑的眼睛。黑黑的牛角，长长的，弯弯的。骑在牛背上，好威风噢！那可是一个农家孩子放学后，最愿意干的活儿。

说起放牛，有童趣，也有辛苦。最大的难题，在于要让牛们吃饱肚皮。而要做到这一点，单靠在田埂上放牛，想喂饱牛肚子，难。

于是，我们那帮孩子，放学后放牛时，多半是一边放牛，一边割牛草。顶来得快，易见分量的，便是往河港、湖荡边割"高瓜"叶儿。牛挺爱吃的。

故乡一带，多水，水生植物就多起来。这当中，"高瓜"亦多，且多为野生。谁能想得到，在很久很久以前，"高瓜"曾经是一种人工栽培的粮食作物呢。

据介绍，这"高瓜"，在古代有个专有名称："菰"。《礼记》就有记载："食蜗醢而菰羹。"而《周礼》中就已经将"菰"与"稌""黍""稷""粱""麦"合在一起，并称为"六谷"。可见周朝就有用"菰"的种子作为粮食来种植的传统。

"菰"的种子，也叫菰米或雕胡，在前人的诗词之中，常见这样的叫法。唐代大诗人李白就有一首《宿五松山下荀媪家》：

我宿五松下，
寂寥无所欢。
田家秋作苦，
邻女夜舂寒。

跪进雕胡饭，
月光明素盘。
令人惭漂母，
三谢不能餐。

同样大名鼎鼎的郭沫若，郭老，在其专著《李白与杜甫》中这样解释"跪进雕胡饭"：古人席地而坐，坐取跪的形式。打盘脚坐叫"胡坐"，是外来的坐法。客人既跪坐，故进饭的女主人也采取"跪进"的形式。这里，郭老将"雕胡饭"解释成了吃饭所取的姿势，能不闹出笑话来吗？

不只是李白，杜甫也有"滑忆雕胡饭，香闻锦带羹"之诗句。其实，这"雕胡饭"，就是用"菰米"做成的饭，也就是我们现在俗称的"高瓜"所结出的种子，用来煮饭。在唐代，"雕胡饭"是招待上客之食，据说用菰米煮饭，其香扑鼻，且得"软""糯"之妙。

后来"菰"受到黑粉菌的寄生，植株便不能再抽穗开花，"菰"作为粮食种植的历史也就宣告终结矣。今天，在我国已很难见到的"菰米"，在美洲却仍然盛产，也算是这一物种之幸运也。由于印第安人吃它，所以被称之为"印第安米"。

古人言："祸兮福之所倚，福兮祸之所伏。""菰"的发展变化，似乎印证了这一道理。黑粉菌阻止了"菰"的抽穗开花结籽，但也让一些"菰"的植株茎部不断膨大，逐渐形成纺锤形的肉质茎，且毫无病象。于是，人们就利用黑粉菌阻止茭白开花结果，繁殖这种畸形植株作为蔬菜。这就是我们现在仍普遍食用的"高瓜"，其学名应该叫茭白。

晓得"高瓜"正儿八经的名字叫茭白，是很多年以后的事了。念书识字，之后在城里有了一份工作。上班上班，老听见巷道上有人吆喝："茭白卖啦……""茭白卖啦……"走近看时，但见十来根一扎，十来根一扎，净是"高瓜"。说是按扎数卖，其实，每扎斤两都差不多，卖主先前搭配妥了的。按扎卖，卖起来爽手，便当。别小看这茭白，儿时割了喂牛的玩意儿，现时一扎卖几块钱呢。

在我的记忆里，那时繁茂的茭白叶儿，在河塘、圩岸、沟渠边发疯似的生长，要是进得湖荡、港汊之中，那更是成片成片，一望无际了，你要有力气就去割，没人管的。偶尔，也会有意外收获。或是在茭白叶丛之中，发现了野鸡野鸭之类的窝，拿上几只小巧溜圆的野禽蛋，也是颇叫人高兴的事。或是割茭白叶子时，割出几枝白白嫩嫩的茭白来，嚼在嘴里甜丝丝的。说实在的，野鸡野鸭、野禽蛋之类不是常能碰上的，倒是那长长的、白嫩的茭白，时常割得到，掰上一个，咬一口，脆脆的，甜甜的，颇解馋的呢。

当然，更多时候，是将茭白掰下，扎成一把一把的，拿回家做菜。茭白，切成细丝子单炒，鲜嫩，素净，蛮爽口的。若是切成片子与蘑菇木耳之类配成一道炒三鲜，完全可以代替竹笋而用的。

茭白名头比较响的，是在南方。它与莼菜、鲈鱼并称为"江南三大名菜"，可见其身份不低。我们乡野小子，年幼无知，只是看中它能喂牛，还真的有些"作贱"它了。

唐代著名中医食疗学家孟诜，他对茭白的评价比较高，说它能"利五脏邪气"，对于"目赤，热毒风气，卒心痛"辅助治疗，疗效甚佳。孟诜还介绍了与日常调味品搭配的饮食建议："可盐、醋煮食之。"

清人赵学敏在《本草纲目》问世百余年之后，曾编出一部《本草纲目拾遗》，亦具影响。赵学敏在《本草纲目拾遗》里面，对于茭白的功效则记载得更为具体，比如茭白可以"去烦热，止渴，除目黄，利大小便，止热痢，解酒毒"等。

由此看来，现在应酬频繁，且酒杯不离手的诸公，倒是不妨听从赵先生之言，经常多食用一些以茭白为主料的菜肴。

荸荠·茨菇

我年轻时，有一段"大集体"的岁月。那时，没有分田到户，农村以生产小队为基本单位。记得那时生产队白汪汪的水田里，成匡成匡地长荸荠、茨菇。

荸荠，"水八仙"之一，属莎草科浅水草本植物，学名马蹄，又称地栗、乌芋、凫茈。李时珍在《本草纲目》中对其植物形状及栽培法有详细描述。他介绍说，荸荠，"其根如芋而色乌也"，故名"乌芋"。"凫喜食之，故《尔雅》名凫茈，后遂讹为凫茨，又讹为荸荠。盖切韵凫、荸同一字母，音相近也。三棱、地栗，皆形似也。"

李时珍详细介绍说，"凫茈生浅水田中。其苗三四月出土，一茎直上，无枝叶，状如龙须。肥田栽者，粗近葱、蒲，高二三尺。其根白，秋后结颗，大如山楂、栗子，而脐有聚毛，累累下生入泥底。野生者，黑而小，食之多滓。种出者，紫而大，食之多毛。吴人以沃田种之，三月下种，霜后苗枯，冬春掘收为果，生食、煮食皆食"。

李时珍所言"吴"，大概也就是现在的苏州一带。而苏州一带的"苏荠",颇负盛名。据明《正德姑苏志》所载:"荸荠出陈湾村者,色紫而大,带泥可致远。"明礼部尚书吴宽对家乡的荸荠也是赞誉有加:

> 累累满筐盛,
> 大带葑门土,
> 咀嚼味还佳,
> 地栗何足数。

这俗称"葑门大荸荠"的苏荠,个大皮薄,色泽紫红,肉白细嫩,少滓多汁,鲜甜可口,借用早年雀巢咖啡的一则广告语:"味道好极了。"

茨菇,与荸荠同列"水八仙",在李时珍笔下写作"茨菰",其《本草纲目》中有这样的记述:"茨菰一根岁产十二子,如慈姑之乳诸手,故以名之。燕尾,其时之象(像)燕尾分叉,故有此名也。"难怪,茨菇,又有了"慈姑""慈菇"这样的称谓。

茨菇虽为一寻常俗物,文人墨客引入诗中者,却不在少数。唐代诗人张潮的一首《江南行》,借"茨菰"点出时令,寄托一个女子的思夫之情。全诗如下:

> 茨菰叶烂别西湾,
> 莲子花开犹未还。
> 妾梦不离江上水,
> 人传郎在凤凰山。

有一则小花絮,江苏青年作家张羊羊有一年曾到得我的家乡,并在溱湖湿地发现了"茨菰",介绍"茨菰"这一物产时,引用了张潮的这首诗。不过他认为与其引一首"怨夫"之作,不如用明学者杨士奇的那首

《发淮安》更具画面感。不妨抄录如下：

> 岸蓼疏红水荇青，
>
> 茨菰花白小如萍。
>
> 双鬟短袖惭人见，
>
> 背立船头自采菱。

真是一幅风景画！蓼花红，水荇青，茨菰花白，湖水绿，已是生机盎然，色彩斑斓。想来，小姑娘的衣着该是另有一种色彩吧？这充满生机的湖面，加上充满青春气息的采菱少女，岂不叫人流连？如此看来，如将这首诗在旅游景点陈列，还真的比张潮的《江南行》更适合。如此美景、美人，岂不令人爱怜？

长荸荠、茨菰，均需育秧子，但育法则不太一样。育荸荠秧子，先做好秧池板子，之后，栽下留种的荸荠，待破芽长出圆圆的杆子后，便可移至大田去栽。育茨菰秧子，一样得做好秧池板子，栽下的，则不是留种的茨菰，而是从茨菰上掰下的茨菰嘴子。茨菰嘴子栽在秧池板子上，颇密，用不了几日，便会破芽，生出阔大箭形叶子来，亦能移栽了。

荸荠与茨菰，形体稍异。荸荠，呈扁圆形，嘴子短，皮色赤褐，或黑褐。茨菰，则呈椭圆形，嘴子弯且长，皮色青白，或黄白。

深秋时节，白汪汪的水田，渐渐干了，圆圆的荸荠杆子，阔阔的茨菰叶子，渐渐枯了，该是收获荸荠、茨菰之时了。村上，成群的青年男女，听了小队长的指派，扛了铁锹、铁钗，背了木桶，散在田头挖荸荠、茨菰。荸荠、茨菰均在泥底下，翻挖起来颇费力。这等活计，多为小伙子所为。姑娘们多半蹲在小伙子的锹钗之下，从翻挖开的泥土上，捡荸荠，或是茨菰。自然也有大姑娘不服气的，偏要与小伙子比个高低，拿起铁锹，憋着劲儿挖，惹得一帮子男男女女，在一旁看热闹，看究竟谁给谁打下手。

收获荸荠、茨菇，翻挖较常见。然，终不及"歪"，颇多意趣。刚枯水的荸荠田，抑或是茨菇田，除了零散的枯叶，似无长物。或有一群男女，光着脚丫子，踩进田里，脚下稍稍晃动，"歪"上几"歪"，便有荸荠、茨菇之类，从脚丫间钻出，蹭得脚丫子痒痒的，伸手去拿，极易。那感觉，给劳作平添几多享受。

"歪"荸荠，"歪"茨菇，青年男女在一处，有些时日了，于是，就有些事情了。有小伙子盯着黝黑的田泥上大姑娘留下的脚印子，发呆，心热。便悄悄地去印了那脚丫子，软软的，痒丝丝的。

荸荠、茨菇去皮之后，肉色均白。荸荠可与木耳、竹笋之类炒菜，可煮熟单吃，亦可生吃，甜而多汁。农家孩子，时常在大人翻挖的田头，随手抓上一把，擦洗一番，便丢进嘴里。茨菇生吃，则不行。用其做菜，可切成片子、条子、块子。茨菇片子，可与大蒜、精肉小炒；茨菇条子，可与蛤蜊、鸡丝之类白烧；茨菇块子，可与猪肉红烧。整个儿的茨菇，烧煮后过掉一回苦水，之后，加冰糖熬，便可做成一道冰塘茨菇，亦极有味道。

另有一道菜：咸菜茨菇汤。汪曾祺先生在《故乡的食物》一文中说："咸菜汤里有时加了茨菇片，那就是咸菜茨菇汤。"他介绍说："一到下雪天，我们家就喝咸菜汤，不知是什么道理。"而这"咸菜汤"所需的咸菜，则是"青菜腌的"。

汪先生详细描述的腌菜过程，跟我们兴化农村完全一致。他写道："入秋，腌菜，这时青菜正肥。把青菜成担地买来，洗净，晾去水汽，下缸。一层菜，一层盐，码实，即成。随吃随取，可以一直吃到第二年春天。"这样的活儿，我年轻时就曾干过。

汪先生说："腌了四五天的新咸菜很好吃，不咸，细、嫩、脆、甜，难可比拟。"这"细""嫩""脆""甜"四个字的感觉，我们也是有的，只不过，并没有觉得"难可比拟"。

想来，这样的感觉，包括他后来告诉我们的"我很想喝一碗咸菜茨菇汤"，跟他十九岁离乡，在外辗转漂流三四十年，是有很大关系的。当然，跟他在沈从文先生家里，听到老师的那一句"这个好！格比土豆高"也有关系。他想吃一碗"咸菜茨菇汤"，实际上，是想念那已经逝去的岁月和岁月里的人。

粽箬

　　故乡多芦荡。鸭知水暖时节，沉睡了一冬之后，芦荡渐渐有了生机。芦芽止不住地蹿出水面，嫩绿嫩绿的。浮萍、水花生之类，漾出芦荡。几经春风春雨，芦荡便是碧绿绿的一大片，满眼尽是芦苇子，铺向天边。渐阔的苇叶在春风里摆动着，"沙沙沙"地响。野鸡、野鸭飞进来，小鸟、小雀飞进来，这儿一群，那儿一趟，叽叽啾啾地叫，挺悦耳的。不时有几只燕子，剪水而落，停在芦荡的浅滩上，啄些新泥，之后，飞到寻常百姓家去，尽心营造自己的巢。

　　这一带，最常见的芦苇，为河柴和盐柴两种。以河柴为最多，偶或在河柴之中，生出一小片盐柴来，颇为惹眼。因为河柴的秆儿过细，叶儿狭窄，而盐柴则不同，秆儿粗壮挺拔，叶儿阔，且长，有股子柔劲、韧劲。从介绍中，便不难分辨，将来被打了去裹粽子的，肯定是后一种，盐柴上的苇叶儿，真正"粽箬"是也。

　　至于说，两种芦苇开出来的芦花，一白一黄，那是要到秋天，才能欣赏得到的景色。那时节，芦絮满天，飘飘荡荡，那轻柔，那悠扬，给秋季平添些许诗意，些许浪漫。

粽箬，天生是和一个节日拴在一起的。那便是端午节。因为端午节，这粽箬才有了用武之地：裹粽子。

关于端午节的传说颇多，故乡的人们口耳相传的，是楚国大诗人屈原投汨罗江的故事。而在这样一个特殊的日子，诗人们也会奉上一份缅怀——

> 国亡身殒今何有，
> 只留离骚在世间。

这是宋人张耒的悲切。

> 年年端午风兼雨，
> 似为屈原陈昔冤。

这是南宋赵藩的不平。

> 屈子冤魂终古在，
> 楚乡遗俗至今留。

这是明代边贡的思念。

在我的故乡，虽然当地百姓不一定都知道屈原其人，但一提到"三闾大夫"是楚国人，心里头便亲近起来。我们那地方，很久很久之前，曾是楚将昭阳之食邑，当然属楚。至今，我们那儿还保留着"楚水"的别称，亦算是对昭阳将军的怀念吧！

过端午节，除了划龙舟这种大型户外纪念活动外，家家户户门口要挂上菖蒲、艾草叶，以求驱鬼避害，家庭和顺；小孩子手上、脚上，要佩戴五色"百索"，以求祛邪免灾，保佑平安；大人中午一定要喝几杯"雄黄酒"，以求祛邪扶正，去病强身。汪曾祺先生在他散文《端午节的鸭蛋》中，有这样的描述："喝雄黄酒。用酒和的雄黄在孩子的额头上画一个王字，这是很多地方都有的。"与"雄黄酒"相配的，当天中午的菜品也有讲究，需"五红""五黄"。"五红"通常是烤鸭、苋菜、红油鸭蛋、龙虾、红烧肉；五黄分别是烧黄鱼、烧黄鳝、拌黄瓜、咸蛋黄、雄黄酒。据说端午节吃了这"五红""五黄"，整个夏天便可驱五毒、避酷暑。凡此等等，不一一细述。这当中，有一样重要食品：粽子。

传说屈原投江后，家乡民众害怕龙鱼吃了他的身体，纷纷裹粽子投入江中，任由龙鱼吞食，以此避免屈原身体受伤害。这样裹粽子的习俗，就一年一年延续了下来。而粽子也成了人们生活当中的一道美食。

唐代诗人元稹"彩缕碧筠粽，香粳白玉团"之句，状写的是粽子的形状和味道。同样是唐代，温庭筠的"盘斗九子粽，瓯擎五云浆"则描绘了粽子的大小和品质。宋代陆游的"盘中共解青菰粽，哀甚将簪艾一枝"，道出了那时已有"以艾叶浸米裹之"的"艾香粽子"。大文豪苏东坡，尤喜食粽，品尝了馅中藏有蜜饯的粽子之后，留下了"时于粽里得杨梅"的诗句。清代林苏门的"一串穿成粽，名传角黍通。豚蒸和粳米，白腻透纤红。细箬轻轻裹，浓香粒粒融。兰江腌醯贵，知味易牙同"则写尽了火腿肉粽之妙。

说到现在，本文的"主角"可以闪亮登场矣。这"主角"不是其他，正是"粽箬"。不妨费些笔墨，略作交代。

试想，若是没有了"粽箬"，那这"粽子"从何而来？没了"粽子"，怎么保护屈原大夫的身体呢？不能保护屈原大夫的身体，那这端午节还有什么意义？一个没有意义的端午节，那又有谁在乎呢？那些习俗，也就随之失去光泽也。因此上，"粽箬"之重要，完全显现。

故乡上好的粽箬，大多生长在肥沃的荡里。这样的荡子，我们多半直接呼之为"芦苇荡"。因其芦苇繁盛之故，而完全忽略了其他物种之存在。芦苇荡，多淤泥，水生植物丰富，很是适合芦苇生长。尤其是盐柴，生长在芦苇荡，其芦苇子更是肥美，秆儿粗粗的，苇叶儿阔阔的。五月端午节前，便有姑娘媳妇，三三两两，划了小船到荡子里来打粽箬。碰上这样肥美的粽箬，这些姑娘媳妇会开心一整天呢。

粽箬从芦苇秆上打下之后，需一把一把地，扎好，放到箩筐里，之后，到城里街上去卖。在家乡，卖粽箬，多是女子所为，且不是一人独做。而是三五个甚至十来个女人，搭成帮，荡了小木船进城。

端午节前的县城，卖粽箬的女人，随处可见。她们挑着青篾小箩筐，走在青砖小巷之上，一溜儿软软的步子，杨柳腰，青竹小扁担在肩头软悠悠的，直晃。时不时的，有女人亮开嗓子吆喝几声："卖——粽箬咯——""卖——粽箬咯——"嗓音儿脆甜甜的，软酥酥的，叫人流连。

卖粽箬，有这般沿街叫卖的，亦有摆地摊卖的。粽箬装在一只小木盆里，木盆旁边备个小水桶，卖主适时给粽箬洒些水，那粽箬看上去水淋淋的，青滴滴的，难怪女人干这营生才相宜呢。

地摊上，除了卖粽箬的，还有卖艾的，卖菖蒲的，也有卖红萝卜的。长长的一条龙摆下来，占满了整个巷子，听凭过往客人挑选。要想买粽箬的话，花几分钱便能买到一把了。寻常人家三五把粽箬，过个端午节，便足够了。乡里人，想得颇开，这粽箬从芦苇荡里打下，除了花些工夫，并没费什么神，一年到头，也难得过问那芦苇的长势，卖便宜些无所谓的。

冬去春来，四季轮回，那芦苇在荡子里，黄了绿，绿了黄，顺乎天然。偶或需要时，进得荡去，或打些苇叶，或割些柴草。住在荡边的人家，每年端午节落得一大片好苇叶，秋季落得一大片好柴草，倒也叫人眼馋的。

想来是粽箬自然天成的缘由，不施化肥之类，且打下便随即上市，满身鲜活之气，一经烫出，既翠，且柔，在女人手指间缠绕几下，之后，便会翻出多种花样：菱角粽，小脚粽，斧头粽……上锅用木炭火蒸煮，待锅圆气之后，便可揭锅。那粽子，出得汤来，清香盈面，青翠逼眼，叫人垂涎。

在我们那里，裹粽子的原料也颇多讲究，有白米的，红豆的，绿豆的，蚕豆的，咸肉的，蜜枣的……数不胜数。用不了到端午那天，亲友之间，礼尚往来，那粽子早就你来我往，四处流通了。有苏轼词句为证："五色新丝缠角粽，金盘送。"

离开故乡，到外地城里做事，每日路过的小巷上，再难见到三五成群的女子，担粽箬，一溜儿软软的步子，还有那甜甜的叫卖：

"卖——粽箬咯——"

粥饭菜·麦浪头

粥饭菜和麦浪头均是野生菜，株体小，且矮。我们里下河一带乡间颇常见。

粥饭菜单株较麦浪头更小，双叶长且圆滑，无棱角，茎部稍短，呈红色。远远望去，红茎绿叶颇好看。在我的记忆里，没有比粥饭菜更小的野菜矣。

麦浪头正正规规应该叫"马兰头"。然，家乡一带都叫麦浪头。在我的感觉中，马兰头虽为正宗叫法，但终不及麦浪头赋有诗意。这两种小野菜，自然也是伴随春天的脚步而来，此时，家乡多麦田，青青麦田间的田埂上，总能见到粥饭菜、麦浪头的影子。前几年，有个叫李健的唱作人，写过一首《风吹麦浪》，一听他唱这首歌，便无端地想起老家麦田间的麦浪头来。这麦浪头较之粥饭菜，则叶多棵壮，至根部方露淡红色，看上去比粥饭菜更泼皮。此二物，田埂、圩堤上，极易寻见。

小的时候，到田野拾猪草，望到粥饭菜、麦浪头，便喜欢得不得了，蹲下身去，用小铲锹挑将起来，极细心。不要误会，这可不是给猪吃的。

当然，猪完全可以吃。我们这一拨生长于乡间的孩子，谁没有拾猪草的记忆呢？那时节，家里劳动力多的还好，在生产队干活，一年下来，年终"分红"时，多多少少总能从生产队会计手上，拿些钱回家，置办年货和一家老小的新衣服。当然，这"分红"所得，不可以全部花光的，尽管花光这点钱，太容易了。家里平时用钱的地方多着呢，哪能只顾着"过年"，就不过日子？往后的日子总是要"过"的，日常油盐酱醋之类、针头线脑之类，都得花钱。

像我家兄妹四个，只有母亲一人平时在生产队劳作，父亲很多时候在外面"工作队"上，如此一来，到年底，我家便成了生产队上的"超支户"，不仅"分"不到"红"，还要反过来给生产队上缴纳欠款。这样的情况下，日子怎么"过"？多亏母亲勤劳，既养猪，又养鸡养鸭，每年从这"副业"上，能收入不少，不仅缴纳了生产队上的费用，而且每年都能给我们兄妹添置新的衣裳。我清楚地记得，父母亲是不可能每年都做新衣的，毕竟家里日常开销也"出"在这"副业"上。其时，家中，我和大妹妹已经上学读书，也需要花钱。那时是没有"义务教育"之说的。因此，我这样的孩子，放了学之后，抑或不上学的时候，总是要给家里猪圈里的猪拾猪草的。有了猪草，猪既能长大，又能少吃点家里的饲料，节省开销。

然，碰到粥饭菜、麦浪头这样的野菜，还是舍不得给猪吃的。

那大河两岸的圩堤上，抑或是麦田间的田埂上，朝阳的所在，粥饭菜、麦浪头往往成了片。碰到一处，便是绿绿的一大簇，一大片。粥饭菜成了片，一般高矮，看上去很平整，似平铺在地面之上。而麦浪头，则簇成团，一簇簇，一团团，蓬蓬勃勃，样子很是繁茂。这刻，甩开膀子，尽管"挑"。挑得心里喜滋滋的，忘了尚需拾猪草的正事，也是常有的。回家，只有乖乖地等家里大人撕耳朵、凿刮子，没得嘴瓢。说来，我的童年是极幸运的，母亲从未因为这种事，打过我。而我上学读书，有相当一部分时间，是和婆奶奶在一起生活，她老人家，对她的宝贝外孙，疼爱得不得了，我做错了事，她都难得有个高声，哪里肯动手唦！

洗汰干净的粥饭菜、麦浪头，切碎，煮了野菜粥，香喷喷，鲜滋滋，一口气喝上几碗，美得没法说。闹粮荒的年代，粥饭菜、麦浪头救过不少人的命。

有过一阵子，人们似乎不记得它们了。等到粥饭菜、麦浪头重新被人提起，那是因为这原本野生的物种，进了塑料大棚，进行人工种植矣。

这粥饭菜、麦浪头来源多起来，想着用它们的人也就多起来。每日做早点的包子铺、小吃店，开始以此为原料做点心，包水饺、馄饨，还真是上好的原料呢。

眼下，我们那里各家风味小吃店，包水饺，包馄饨，甚至居民家中包春卷，所用的馅子，不只有大蒜、药芹之类，用荠菜、粥饭菜、麦浪头的也逐渐多起来。看起来，这粥饭菜、麦浪头切碎，与猪肉混制成馅儿，无论是包饺子，还是包馄饨，煮熟品尝，其口味远超出那大蒜或药芹做成的馅子，亦不比荠菜馅子差。那味道，清香、奇鲜。

这粥饭菜、麦浪头，可以做菜的地方多矣。其中，清炒或凉拌，皆能得其真味，且为时令小菜，已经进得我们这样的寻常百姓之餐桌。其实，这种做法，早已有之。袁枚那部著名的《食单》中，就曾收录麦浪头凉拌的做法："马兰头菜，摘取嫩者，醋合笋拌食之，可以醒脾。"

野鸡·野鸭

我的老家兴化，是全国闻名的产粮大县、产棉大县，以及淡水产品生产大县。二十世纪七八十年代，曾多次荣获全国产粮、产棉大县之殊荣；"兴化油菜，全国挂帅"，更是家喻户晓；淡水产品总量连续十六年列江苏第一。但不知什么原因，一段时期，在家乡主政的领导者，羞于启齿，再介绍这些。而是千方百计，想走工业强市之路。顺带说一句，和全国众多县一样，家乡也于是一九七八年撤县设市。

这几年，情况有所不同，似有明显变化。家乡的主政者打起了"生态牌""旅游牌"。自然生态保护，被提上了重要位置。如若你的脚步踏上兴化这块黑土地，便会发现，这里除了有一望无际、土地肥沃的良田之外，还有纵横交错的河道港汊，以及大片大片的湖荡湿地，是名副其实的鱼米之乡。

曾几何时，每到夏秋之际，家乡的湖荡里，放眼望去，满眼都是碧青的芦苇子，阔阔的苇叶，新抽的芦穗，随风起伏，漾出"沙沙"声响。密密的芦苇间，抑或是水面上，时常有野鸡野鸭出没，双翅一振，"扑棱棱"地飞。湖荡成了它们生息繁衍之所在。

在我的记忆里，野鸡野鸭与家鸡家鸭颇相似，只是野鸡尾部较家鸡为长，冠较红；野鸭块头一般说来，较家鸭则小，羽毛多光泽，雄野鸭的头部有绿亮的毛，两翼有蓝色斑点。野鸡善飞，野鸭既善飞，亦善水。乘船傍湖荡而行，常能看到野鸭，扑棱着双翅，两腿划水而翔，在湖面上留下长长的浪痕，样子挺潇洒。

野鸡野鸭多，打野鸡野鸭的也多。湖荡地带，打野鸡野鸭的常来，不论白天，还是夜晚。先"嗷嗷"地吆喝几声，等野鸡野鸭飞起来时，才放枪。"砰——""砰砰——"枪声响起，便会有野禽遭殃矣。

打野鸡野鸭用的木船，极小，窄长窄长的，却放得了好几管长长的猎枪，载得了打野鸡野鸭的，还有他那条吐着长舌头的猎狗。让人惊叹造船人的精打细算，枪怎么搁，猎狗怎么蹲，枪手怎么坐，都是有所考虑的，一切听从枪手安排。人们往往看到，枪手上了船，手握那两支短小的木桨，划起来，极快，小船似在水上飞。不一会儿，便不见了踪影。

打野鸡野鸭的，有单个划了船去打，也有几个联合行动，拉网似的，围了湖荡打。这多半在晚上。几个打野鸡野鸭的枪手，彼此商议妥当，联手出击。那当然是白天摸准了野鸡野鸭歇脚地——找到了它们的窝。如若是野鸡野鸭成了趟，一杆枪肯定是对付不过来的，容易惊窝。枪手们联手后，四面有枪，野鸡野鸭想逃，则难矣。

打野鸡野鸭的，最精贵、最看重的，不是枪，不是船，不是猎犬，而是"媒鸭"。

这"媒鸭"是野生的，特灵。主人放出后，它便满湖荡地飞，寻到鸭群之后，便落下，暗中牵引鸭群向主人火力范围靠，或是"哑哑"叫唤几声，给主人报信。主人枪一响，刚刚飞起的"媒鸭"，须迅疾掉下，假死。否则，枪弹是不长眼睛的。这便是"媒鸭"的绝活了。自然，也有打野鸡野鸭的，误击了"媒鸭"，那就怪可惜啦。将一只羽毛未丰的野鸭，调驯成一只上好的"媒鸭"，花上三四年工夫，亦不一定满意。

打下的野鸡野鸭，便用羽毛串了鼻孔，拎到集市上卖。所谓物以稀为贵，这野鸡野鸭还真能卖出个好价钱的，比家鸡家鸭贵多矣。

野鸡野鸭皆为人间美味，做成菜品，其"格"远高于家养的鸡鸭。清代袁枚《随园食单》中记有"野鸡五法""野鸭二法"。其"野鸡五法"内容如下：

> 野鸡披胸肉，清酱郁过，以网油包放铁奁上烧之。作方片可，作卷子亦可。此一法也。切片加作料炒，一法也。取胸肉作丁，一法也。当家鸡整煨，一法也。先用油灼，拆丝，加酒、秋油、醋，同芹菜冷拌，一法也。生片其肉，入火锅中，登时便吃，亦一法也。其弊在肉嫩则味不入，味入则肉又老。

从袁才子这段文字中，明显看到了"六法"，怎么标题为"五法"呢？奇怪。

其对野鸭制作记有二法。一法为已经失传的"苏州包道台家"的制法，"野鸭切厚片，秋油郁过，用两片雪梨夹住炮炒之"。这里"秋油"实指酱油，"秋油郁过"，就是用酱油腌泡一下。"炮炒"与"爆炒"义同。袁才子随后交代说，此法"今失传矣"，他建议："用蒸家鸭法蒸之，亦可。"不妨将其所说"蒸家鸭法"抄录如下：

> 生肥鸭去骨，内用糯米一酒杯，火腿丁、大头菜丁、香蕈、笋丁、秋油、酒、小磨麻油、葱花，俱灌鸭肚内，外用鸡汤，放盘中，隔水蒸透。此真定魏太守家法也。

另有"野鸭团"制作法：

细斩野鸭胸前肉，加猪油微纤，调揉成团，入鸡汤滚之。或用本鸭汤，亦佳。太兴孔亲家制之甚精。

这两则野鸭制作之法，均强调用鸡汤。窃以为，不那么纯粹矣。若能用鸭汤，为何不用呢？连袁才子在后一制法中，自己都说了，"或用本鸭汤，亦佳"。可见，鸭汤可用，且效果很好。否则，鸭肉滚在鸡汤里，虽无大碍，终究口感上会发生变化。还是用"本鸭汤"为佳。

民间烧这样的禽类野味，几乎都是配咸菜红烧。当然，咸菜最好选雪里蕻。这野鸡或野鸭烧雪里蕻，由于雪里蕻的加盟，烧出的野鸡，或是野鸭，不仅肉香，且味鲜。那雪里蕻虽为配料，更占全了香、鲜、脆、嫩四字，多为人们青睐，均愿意多夹上几筷子。自然，野鸭与野鸡比，做出的菜，肉更精，味更香，品更高。集市上，野鸭价贵，难怪。

现时，再难有野鸡或野鸭烧雪里蕻端上餐桌矣。倒不完全是汪曾祺先生所言："现在我们那里的野鸭子很少了。前几年我回乡一次，偶有，卖得很贵。原因据说是因为县里对各乡水利作了全面综合治理，过去的水荡子、荒滩少了，野鸭子无处栖息。而且，野鸭子过去是吃收割后遗撒在田里的谷粒的，现在收割得很干净，颗粒归仓，野鸭子没有什么可吃的，不来了。"

我所了解到的，较汪老讲的二十世纪八十年代的情况，又有些变化。现在家乡那一带，只要是湿地保护好的地方，野鸡野鸭均日见增加，且有蓬勃发展之势，只是从湿地保护，到野生动植物保护，再美的野味，也不能享用矣。

当然，凡事不能一概而论。地方上总是会有一些人，喜欢铤而走险，暗地里捕获，暗地里交易，暗地里烹制，最后暗地里品尝。想来，这一路"暗"下来，能品尝出个好味道来吗？这样的情境下，享用再美的野味，恐怕也只能让自己的内心变得阴暗起来。

河蚌·蚬子

　　河蚌，又名河蛤蜊、河歪、鸟贝等，属于软体动物门瓣鳃纲蚌科，是一种普通的贝壳类水生动物。

　　一提及河蚌，最先跳到脑子里的，不是河蚌长什么样子，而是一个成语：鹬蚌相争。小时候的课本上有，课堂上老师讲过，自然知道后面还有一句：渔翁得利。

　　想想这"鹬"和"蚌"也真够蠢的，鹬只想着"今日不雨，明日不雨，即有死蚌！"蚌心里念叨着"今日不出，明日不出，即有死鹬！"结果，"两者不肯相舍，渔者得而并禽之"。原先的故事，说赵燕秦三国间的事，似乎与我们普通一族关系不太大。国家大事，"肉食者谋之"。然，这则故事，放在当下，似乎另有一番意味。在利益面前学会放弃，还真是一门值得每个人好好研究的学问。

　　河蚌这一物象，在文人墨客笔下，则是另外一番意趣。宋代著名的文学家苏轼曾有《赠山谷子》诗云：

笑君老蚌生明珠，

自笑此物吾家无。

君当置酒我当贺，

有儿传业更何须？

东坡居士在此用了一典：老蚌生珠。此典语出汉代孔融《与韦端书》，其中有："不意双珠近出老蚌，甚珍贵之。"

说的是东汉时，享誉文坛的孔融给一位名叫韦端的大将军修书，对韦将军元将、仲将二子褒奖有嘉，认为长子元将，学养丰厚，才华横溢，气度不凡，将来必定是个能干大事业的人；次子仲将，天资聪颖，性情温厚，将来也一定能继承家业，光宗耀祖。

说了这么多夸耀之词之后，这位孔氏名后，来了个转折，逗趣了一下韦大将军，说，没想到啊，这么优秀的两个儿子，竟然会出自你这个"老蚌"，实在是太珍贵了！你说这位孔圣人的"第十九世孙"，绕了这么一个大弯子，还不是笑话人家韦端年纪大！笑话人还笑话出个成语来，不佩服还真的不行。

这些多少沾有文人的酸腐之气，不为当下"八〇后"、"九〇后"、"〇〇后"所看重。现时年轻一代，欣赏的是这样的警句：命运给予河蚌的是一粒沙子，河蚌却回报世界一颗珍珠。这河蚌育珠之因，还真是如此。不过，人工育珠则是另外一回事情。

河蚌以滤食藻类为生，故而水生植物繁茂的河汊、湖荡，便是其理想居所。

我的故乡是苏北里下河出了名的水乡，一年四季，河汊、苇荡总是满盈盈的。河蚌，便极常见也。

孩提时，一入夏，河汊便成了我们这些农家孩子的天然乐园，游泳、打水仗、掏蟹、摸河蚌。每个人都拽个澡桶，下河，系上长长的桶绳，远远地漂在河面上。三五成群，四五成趟的。人在前头，用手在岸埂边摸，用脚在河底淤泥上踩，手摸脚踩，同时进行。摸到或是踩到异物，是不是河蚌，心里有数的。直接拿不着的，便扎猛子，潜到水底拿。河蚌多为椭圆形，两扇壳扁扁的。老蚌壳硬且黑；新蚌，尤其是三角帆蚌，壳纹清晰，有的略呈绿色，亮亮的，蛮好看的。河蚌多半立在淤泥里，碰上去，只有一道窄窄的边子，多是开口。平时，蚌仰立着，张开两扇壳，伸出软软的身体，稍有动静，便紧闭了。

摸河蚌，偶或不慎，也会出意外的。蚌张开时，你摸上去或踩上去，弄不好手指、脚趾便会被夹住。那滋味极难受，愈动蚌夹得愈紧，愈疼。听说，有人在芦荡里摸鱼，碰巧踩着一只河蚌，被夹住了脚指头，拽出水一看，脚指头鲜血淋淋，快断了。那人急中生智，敲破蚌壳，方得脱险。再望望那蚌，有小脚盆那般大。好多孩子均去望过那只大河蚌的。

早先的河汊里，河蚌挺多。个头有大有小，外观也各有不同。有深褐色，有淡绿色，有褶纹的，有三角帆，凡此总总，说不全。

我们小的时候，"玩"一下午水，能摸一澡桶河蚌。那时，好像没有卖河蚌一说。河蚌在那时不值什么钱的，多是自家劈下肉来做菜。

河蚌下锅前，得去胰、剁边。胰腥气，食不得。蚌边老得很，用刀背剁剁，才煮得烂。新鲜河蚌烧汤，味道鲜美真是没得说的。洗剔干净的河蚌，拣大的切一刀——尽量不切，否则蚌肉易散；差不多大的，整个儿下锅。烧河蚌汤，火功颇讲究，得慢煨。蚌肉不易烂，慢煨至烂，汤汁则愈浓、愈乳。临起锅时，漫上韭菜或青菜头儿，稍为滚一滚，便能上桌了。再撒些小胡椒。那汤色，完全乳白，鲜奶一般。就连那配料的韭菜、菜头，也鲜得不得了。这道菜，汤白，菜青，好吃且悦目，颇能撩人食欲。

河蚌当然也可入药。明代著名医药学家李时珍，在他那部著名的《本草纲目》中就有记载："真珠入厥阴肝经，故能安魂定魄，明目治聋。"

此处"真珠",即珍珠。

河蚌入得城来,起先好像不是用来做菜。剔了蚌肉,取蚌壳,收进工厂,说是用处大着呢。后来才晓得,蚌壳能做纽扣,是极好的纽扣原料。

再想想,我家屋后的小沟旁,那时总是堆着成堆成堆的蚌壳子,废弃了,怪可惜的。

蚬子是一种软体动物,介壳形似心脏,有环状纹,蚕豆般大小,生在淡水淤泥之中。在我老家极常见,极易见。农家孩子放了学,在泥渣塘"拾"螺螺时,一样能"拾"到蚬子。"拾",当地方言,跟"捡"同义。

汪曾祺先生在《故乡的食物》中是这样写蚬子的:

蚬子是我所见过的贝类里最小的了,只有一粒瓜子大。蚬子是剥了壳卖的。剥蚬子的人家附近堆了好多蚬子壳,像一个坟头。蚬子炒韭菜,很下饭。这种东西非常便宜,为小户人家的恩物。有一年修运河堤。按工程规定,有一段堤面应铺碎石,包工的贪污了款子,在堤面铺了一层蚬子壳。前来检收的委员,坐在汽车里,向外一看,白花花的一片,还抽着雪茄烟,连说"很好!很好!"

清人李调元在《南越笔记·白蚬》中对蚬子也有很好的描述:"粤人谣云:'南风起,落蚬子,生于雾,成于水,北风瘦,南风肥,厚至丈,取不稀。'"李调元交代得挺细的。我的家乡人考虑得没这么细。似乎入夏之后,就可以捕捞到蚬子。

平日里,孩子们叫"拾螺螺",而不叫"拾蚬子",至于蚬子,则叫"趟"。在学校,听完老师所讲的一天课程之后,扔下书包,三五个小学生,便提了篾篮子,扛了"趟网子"(乡间的一种渔具),钻芦荡,转漕沟,有路人问起:"细猴子,做什呢?""趟蚬子去。"头也不回,只管往前走。用不了多会儿，便能望到他们拎了满篾篮蚬子，回头了。

我们小时候"趟"到的蚬子，似乎是多个品种混合在一起，没有单一的品种。不像通常介绍的，黄蚬子、花蚬子、白蚬子区分得十分清楚。

村人对蚬子似乎不及对螺螺友善。拾来的螺螺养几日，便愿意一只一只剪去尾部，洗净做菜，而蚬子多是作了鸭饲料。普通农家，多半有三五只蛋鸭。听大人说，蚬子肉与壳一样有营养，蛋鸭吃了，容易盘蛋壳，不生软黄蛋，下蛋多，且大。自然，孩子们偶或会在饭桌上见到炖鸭蛋之类的佳肴。于是，钻芦荡，转漕沟，趟蚬子，便更来劲了。蚬子不及螺螺好养。螺螺拾回来，给它一只小盆之类，能养好几日，也不碍事的。蚬子则不行，时日一长，便会呷嘴，变质，有异味，只好倒掉。所以，要吃蚬子的话，趟回后，只需稍养一段时辰，洗净蚬贝上污物，便可用清水饷——乡里人用语，本不甚考究，偶有一两处，到颇精当。此处不用煮，而称饷，甚妙。饷好的蚬子，贝壳自然开裂，从贝壳中获得蚬肉，很是容易。乡里人，用蚬肉，或红烧，或清煮，或做汤，均是一道家常小菜。最是那烧蚬汤，叫人流涎。

饷好的蚬肉与青菜头爆炒，片刻之后，兑入饷蚬时的蚬汤，汤一滚，即需起锅，便可享用。这刻，蚬肉嫩，蚬汤白，菜头碧，尝一口，鲜美诱人。值得注意的是，这里用的青菜头，需是现时吃现时从地里拔上来的，方才鲜活；蚬汤，用饷蚬时的原汁，淀清后再兑入。这道菜，纯粹乡土。

因工作的缘由，居城中时光长了，无这等口福久矣。

平时对佛教缺少研究，因而孤陋寡闻，没想到竟有位僧人叫"蚬子和尚"。对这位京兆人氏，《神僧传》中这样记载："事迹颇异居无定所。自印心于洞山。混俗闽川。不畜道具。不循律仪。冬夏一纳。逐日沿江岸。采掇虾蚬以充其腹。暮即宿东山白马庙纸钱中。居民自为蚬子和尚。"

因其食"虾蚬"而落得"蚬子和尚"之别号，倒是蛮有意思的。更有意思的是，面对这样一位行为举止异常的僧人，引来不少同道纷纷"点赞"，至少也能说明"点赞"者的心态吧！不妨抄录一首，以示佐证。宋人释绍星，给"蚬子和尚"赞道：

> 除了捞波一窖无，
> 逢人谩说走江湖。
> 蝦针取你性捞摙，
> 不到得拿龙颌珠。

虎头鲨·鳑鲏儿·罗汉儿

瓦盆重叠漾清波，

赚得潜鳞杜父名；

几日桃花春水涨，

满村听唤卖鱼声。

这首竹枝词中的"杜父"，即虎头鲨。在我们童年的印象里，虎头鲨这种野生小鱼，乡里极常见，乡民们俗称"虎头呆子"。

就是这野生小鲨鱼，叫法还真不少。汪曾祺先生曾著文说："苏州人特重塘鳢鱼。上海人也是，一提起塘鳢鱼，眉飞色舞。塘鳢鱼是什么鱼？我向往之久矣。到苏州，曾想尝尝塘鳢鱼，未能如愿。后来我知道，塘鳢鱼就是虎头鲨。"

汪老还引了袁枚的《随园食单》："杭州以土步鱼为上品。而金陵人贱之，目为虎头蛇，可发一笑。"从袁才子的介绍中，虎头鲨又多了两名：土步鱼和虎头蛇。

这种鱼，身体颜色似土，冬天潜于水底，附土而行，故名土步鱼。而虎头蛇和虎头鲨，应该是一回事。此鱼属鱼纲塘鳢科，亦名沙鳢。其原产地为泰国、马来西亚等东南亚国家，还是一种养殖类鱼种，正规中文学名为：低眼无齿口鳢。

这就跟我们原先知道的大不一样了。在我们那里，有虎头鲨养殖，是好多年之后的事情。原先只有野生，无人工养殖。

对这种鱼的长相特点，汪曾祺先生也有描绘。汪老说："这种鱼样子不好看而且有点凶恶。浑身紫褐色，有细碎黑斑，头大而多骨，鳍如蝶翅。这种鱼在我们那里也是贱鱼，是不能上席的。"

虎头鲨这种长相，"不好看"那是一定的。至于说"有点凶恶"，我们小时候倒是没有感觉得到。虎头鲨，粗看，扁扁的嘴，大大的头。细看时，竟是一身灰黑色虎皮斑纹；其头，倒真有几分虎气。我们感觉好笑的是，其徒担有一个"虎"名，并没有因此凶猛起来，反而落下个"呆子"的绰号。有点滑稽。你想，那时谁愿意去养殖这种既"不好看"，又"不能上席"的"贱鱼"呢？

况且，捕获虎头鲨的方法极简便。在苏杭一带，早就有"滨湖之家以瓦为阱或用破舟沉水中，隔宿起视则鱼已穴处焉"这样的古法。而在我们那里，只要寻得虎头鲨的居所，捕获则容易得很。老家属里下河水乡，河汊颇多，两岸红皮水柳，抚风点水。那河堤边，水柳根下，便是虎头鲨喜居之地。如若发现根茎内，隐有洞穴，这便是虎头鲨的窝，你只要一手拦住洞口，一手去捉，至少够一顿下酒菜的。这便是乡间摸鱼人常干的活儿。小时候，我和我的小伙伴们，也经常干这样的事儿。

虎头鲨性憨易捉，"呆"名源出于此。

虎头鲨手感粗糙，那一身"呆"肉，却极细嫩。做起汤来既鲜又白，且无丝卡，孩童也能尽情消受。据说，哺乳期女人如缺奶水，食之可催奶。《随园食单》中对虎头鲨制作亦有介绍："煎之，煮之，蒸之俱可。加腌芥作汤，作羹，尤鲜。"旧时《杭州菜谱》里也记载了三道虎头鲨馔：春笋烧土步鱼、酱烧土步鱼、象牙土步鱼。宴席间常见的炒鱼片，多用乌鱼为原料，其实最妙的要数鲨鱼片了。鲨鱼一身顶精贵的，怕要数它的鳃肉了。每条鲨鱼只能取下两块，极小，呈扁圆状。虽说精贵，可讲究一些的，净用这鳃肉炒菜，炒三鲜，煨汤，其鲜，其嫩，无可比拟。这在兴化乡间是极方便的一道美肴。

据说，当年宋庆龄在上海宴请几位来访外宾时，曾请上海名厨何其坤掌勺烹制了一款姑苏名菜：雪菜豆瓣汤。需要言明的是，这"豆瓣"不是哪种植物之豆瓣，而是取虎头鲨两块腮帮肉入菜。鱼呼吸时，靠的就是腮帮，几乎是动个不停，最活最鲜，也就不奇怪矣。不过，一条虎头鲨也只有那么两小片"豆瓣"肉，要烹制一碗"雪菜豆瓣汤"，没有几十条虎头鲨是无论如何做不成的。当然，烹制技术也是重要的。否则，出不来雪菜绿、"豆瓣"白、汤汁清之效果，给客人的观感、味感就差了。

据《萧山县志稿》载，虎头鲨"出湘湖者为最，桃花水涨时尤美"。唐代诗人白居易当年离开杭州时，曾痴迷地写诗道："未能抛得杭州去，一半勾留是此湖。"清代诗人陈璨将白居易"勾留"的部分原因，归于虎头鲨、团脐蟹之类"美味"，也不是没有道理。其《西湖竹枝词》有云：

> 清明土步鱼初美，
> 重九团脐蟹正肥；
> 莫怪白公抛不得，
> 便论食品也忘归。

鳑鲏儿、罗汉儿都是体型极小的小鱼。比较起来，鳑鲏儿更好玩一些。

鳑鲏儿，跟我们小时候玩的铜板那般大小，扁扁的肚皮，小小的头，细细的眼。这种鱼好玩，好玩在它的小巧。鳑鲏儿的大小，是以毫米为单位的，多数为五六十毫米，小的仅三四十毫米，真的是惹人爱怜的。再者，鳑鲏儿，从古籍中查得的名字，典雅得很，似乎不是这样一个小小鱼儿能配的。在《尔雅》中，有"鱊鮬""鳜鯞"之称；在《古今注》中，有"婢聂""青衣鱼"之称；在《医林纂要》中，有"文魮"之称；在《尔雅翼》中，叫"旁皮鲫"；在《滇南本草》中，叫"鰟鱼"。凡此等等，真是五花八门。

说鳑鲏儿好玩，好玩在它们群居。见到它们时，总是一趟一趟的，极少有孤零零的，一两条散户的。这样它们行动起来，不一样了，有了派场，有了气场，不可小觑。

别看它们的外形没多少差别，但身体的色彩和纹路，则多种多样。有浑身亮晶晶的，眼睛尾巴对应有小红点儿的；有身体中央贯穿一根蓝线，尾部留有红斑点的；有背鳍、胸鳍带紫红色，身体后半部分临近尾部中央有一小段蓝线的；有下颚、前腹部，以及胸鳍，三处都呈金黄色的；有背鳍、胸鳍，呈黑色，整个身体中央，似一道墨线一般的；有背鳍、胸鳍、尾鳍，以及身体中央都呈多彩的……实在是色彩斑斓，不能一一细述。

这种鱼，生性活泼，在水中亦有翩跹舞姿，试想，那该是何等绚丽，何等浪漫！难怪这鳑鲏鱼，赢得了水中蝴蝶之美誉。看着它们成群成群的，在水中悠然而行，真的有如蝴蝶纷飞于天空，给人别样的美。

鳑鲏儿，还有个好玩之处，在于它们的繁殖。在繁殖期，雄性周身呈现色彩比平时更为艳丽，被称之为"婚姻色"；雌性则拖着长长的输卵管，在雄性陪伴下，结伴而游。此刻，它们寻找的重要目标，是有河蚌的所在。雌鱼只要发现河蚌，便会主动将输卵管插入蚌体的入水孔中，随后将卵产在蚌体之中，而雄鱼也会跟进，在雌鱼产卵处射精。如此，它们便完成了繁衍后代的重要使命。鳑鲏鱼的受精卵在蚌壳内无忧无虑地生长发育，直到孵化成幼鱼，方才离开。

让人觉得好玩的是，在鳔鲅鱼完成它们的重要使命的同时，河蚌也没有闲着。因为河蚌的产卵期，正好与鳔鲅鱼相同，所以，当鳔鲅鱼将卵产在蚌体之内的同时，河蚌也将卵散在了鳔鲅鱼的身体上。河蚌的卵黏附在鳔鲅鱼的鳃、鳞、鳍上，吸收着鳔鲅鱼身体的营养，过着寄生生活，直至变化形态，转为幼蚌，方才破包囊，坠入水中独自生长。

　　这鳔鲅鱼与河蚌倒真是友爱，相互之间替代对方，抚育后代，形成了一条独特的生物链。据说，不同的鳔鲅鱼，产卵时，还会寻找不同的蚌体。

　　罗汉儿，学名麦穗鱼，因其线条流畅，形似麦穗，故而得此名。除了这"麦穗"之称尚且算得上是雅称之外，其"草生子""混姑郎""肉柱鱼""柳条鱼"等诸多俗名，真是俗不可耐，让人有些为这罗汉儿叫屈。

　　在我的印象里，如果鳔鲅儿是水中蝴蝶，那么罗汉儿便是水中健将。这从它的体型上就看得出来。这罗汉儿，与鳔鲅儿迥然不同，长长身子，圆滚滚的，满身是肉。

　　水中游动着的罗汉儿，身体匀称，水中姿态流畅，整体具有美感；身长背高，体型雄浑有力，水中气势明显占优；再加之，背鳍张如扬帆，提速很是迅疾，活脱脱一健将尔。

　　当然，这鳔鲅儿、罗汉儿也有不运动的时候。那它们多半会停歇在河堤边的沙泥上。若是到了农家淘米煮饭的当口，那村庄的水桩码头上，大姑娘、小媳妇手中的淘米箩一下水，手在箩中搅拌几下，便有淘米水漫漾开去，吸引得成趟成趟的鳔鲅儿，翩跹而来。罗汉儿则快速行动，在淘米水荡漾着的水面，来回穿梭，大口吞食。还有一种俗名"沙姑子"的小鱼，它就表现得与鳔鲅儿、罗汉儿完全不一样，它要等到淘米水浆荡漾到自己的身边，才肯张开嘴，坐享其成。

　　罗汉儿不及鳔鲅儿中看。我们小时候，常常从小河里逮些个身体上带彩的鳔鲅儿，放在家里养着玩。我自己就曾用淘米箩捉过一种红眼绿肚皮，且浑身都闪着绿光的鳑鲏儿，装进小瓶子中玩赏，很是当作个"宝贝"呢。然而，那鳑鲏儿模样再好看，也养不过一天。死了，并不伤心，家前屋后的小河里，鳑鲏儿多着呢，只要你愿意，逮就是了。

乡里人弄罗汉儿，也弄鳑鲏儿，不是为了养，而是做小菜。村上，时常可听到渔人的吆喝："鳑鲏儿罗汉儿卖哟——"其声甚是悠扬，问之价，答曰"二毛五一斤！"极便宜。

村里人吃罗汉儿、鳑鲏儿自有一种吃法。将罗汉儿、鳑鲏儿混在新鲜的水咸菜里，再加作料红烧，烧好之后，使其冰成鱼冻，第二日，才端出享用。

这时罗汉儿、鳑鲏儿进得口去，软且滑，鲜且辣，凉中见爽，辣中生暖，其味自有一种美妙。

不过，这种吃法只有在隆冬时节。有童谣唱曰：

冬天冬天快快来，
鳑鲏儿罗汉儿烧咸菜，
哪个见了，
哪个爱。

泥鳅・长鱼・毛鱼

池塘的水满了雨也停了，
田边的稀泥里到处是泥鳅。
天天我等着你，
等着你捉泥鳅。
大哥哥好不好，
咱们去捉泥鳅。
小牛的哥哥，
带着他捉泥鳅。
大哥哥好不好，
咱们去捉泥鳅。

这首名叫《捉泥鳅》的台湾校园歌曲，诞生于二十世纪七十年代。词和曲均出自台湾著名音乐人侯德健，由那个年代最具代表性的民歌手包美圣演唱，立刻风靡宝岛台湾，之后传播到大陆，广为传唱。这在我们这个年岁的人，印象是很深的。

泥鳅的分布是极广的。不只是中国有，日本、朝鲜、俄罗斯以及印度等国家都有。说到日本，曾有一任"泥鳅首相"，野田佳彦。这位日本第九十五任首相，在当选前一天，也就是二〇一一年八月二十九日的选举演讲中，说了一段后来影响广泛的话，他说："泥鳅想学金鱼也没用，我也不想变成金鱼……就像朴素的泥鳅，我将努力为公众服务，推动政治前进。"此语既出，"泥鳅首相"之名在日本声名远播。不仅如此，被他引用的日本已故诗人相田光男的俳句《泥鳅》——"泥鳅啊，你也装不成金鱼吧"再度风靡日本，让诗人著作因此大卖。想来，即便诗人在世，也会出乎意料吧？

在我们那儿，也有一则乡间俚谣，几乎是人人皆知。其词如下：

五月里是端阳，

黄鳝泥鳅一样长；

八月里是中秋，

黄鳝是黄鳝，

泥鳅是泥鳅。

泥鳅，与黄鳝相比，形体短且胖，多呈黄色，偶有灰色花纹的，亦无鳞，小嘴，有短须。泥鳅，身滑，喜动，难捉，多借淤泥藏身，倒也不枉用了一个"泥"字。早年间，兴化多沤田，泥鳅极多。农家孩子放了晚学，丢开书包，便到沤田、漕沟里张"卡"。"卡"用芦苇作杆，蚯蚓作诱饵。晚间张下去，第二日清晨去取，每杆卡上都有一条"上了当"的大泥鳅，活蹦乱跳，肥肥胖胖。

泥鳅，被称之为"水中人参"，性味甘平。李时珍《本草纲目》中记载，泥鳅有暖中益气之功效，"补中、止泄"。

泥鳅的做法极多，泥鳅汤较常见，做法亦简。主要原料当然是泥鳅，配以水发木耳、春笋之类。制作时，先处理泥鳅，用热水洗去黏液，去内脏，洗净，用油煎至金黄。再做配料准备，在烧开的油锅里放入葱末、姜末，稍炸后，加入木耳、笋片，炒上几炒，适时加适量清水。此时，放入泥鳅，加料酒、食盐少许，煮熟即可食用。

这里，看似平常的加水环节，值得注意。"适时""适量"二词最难掌握。"适时"，配料准备时，炒制火候要恰好，否则，配料之味出不来，食效不佳。"适量"，其实不只是这道菜，其他菜品对加汤亦如此。讲究一次加到位，多不得，少不得。多则味寡，少则易煳，皆不可取。中途加汤，则原味尽失，乃烹饪大忌。

泥鳅体胖多肉，当然也可红烧，可做成泥鳅丸子，以备配菜之用。值得一提的是，我的故乡，民间流传着一种"泥鳅钻被单"的做法。先将活泥鳅洗净，放到清水里养至数日，使其吐净体内污物。这里有个小窍门，往清水里滴几滴食油，泥鳅吐污会更彻底。然后，将活泥鳅放至配好作料的豆腐锅里。此处亦有注意点，豆腐需整块的，养汤为宜。之后，温火慢煨，渐加大火势。待汤热了，泥鳅自觉难忍，便钻进此时还凉阴的豆腐内去了。终至汤沸，泥鳅便藏身豆腐，再也出不来也。端出享用，其嫩，其鲜，其活，其美，妙不可言。

这道菜，虽上不得正儿八经的宴席，可不比一道"大烧马鞍桥"差，且只有入得乡间才能一饱口福。

长鱼，无鳞，形体特长，多钻淤泥生存，亦有洞居。长鱼正经八百的名字叫"黄鳝"。然，村人中从未这般叫过。倒不是那黄鳝的"鳝"字，认得的人不多，即便读了几年大学，回得家乡，从乡亲宴请的餐桌上见到黄鳝，也会呼之曰：长鱼。其中缘由，三言两语，想叙说清楚，颇难。

故乡一带，见到的野生鱼中，形体长的，怕难超过长鱼了。乡里人称黄鳝为长鱼，倒是名副其实，大实话一句。乡里人自然晓得长鱼的特性的。长鱼，或"张"，或"逮"，均可取得。张长鱼，与张泥鳅不同。张泥鳅，用的是"卡"，张长鱼，则需要"丫子"（这一带，民间的一种渔具，"人"字形，芦柴篾子制作而成，考究的也有竹篾子做的），张长鱼，在乡里孩子嘴里便成了"张丫子"。初学的孩子，用草绳兜起十来只丫子，背在身后，也有分成两半，用竹竿挑在肩头的，嘴里念叨着大人教给的秘诀："冬张凸壁，夏张凹。"寻得栽好秧苗的水田，沿田埂边，张下丫子，七八步远张一只。张丫子时，先理好一臂长左右的田埂，之后，将丫筒子淹水埋下，用淤泥在丫筒两端围成喇叭形，丫子带小帽的一端稍稍翘出水面，这样便成了。值得注意的是，丫筒两端，不宜淹水过深，深了无长鱼进去。但一定得淹入水中，若有筒口露出水面，弄不好会有水蛇进去，那便是张蛇的了。丫帽的一端翘起亦需适宜，过翘与不翘均不理想。傍晚，将丫子张下水田，翌日大早去收。丫子张长鱼，靠的是丫筒两端"丫须"上的倒刺，长鱼顺刺而入，逆刺难出，因而，入得丫筒的长鱼，想往外溜，则相当不易。

　　说起逮长鱼，想到梁实秋有一自相矛盾的说法。梁先生在《雅舍谈吃》一书中提及，他小时候，家里的"鳝鱼是放在院中大水缸里的，鳝鱼一条条在水中直立，探头到水面吸空气，抓它很容易，手到擒来"。随后又说，"因为它黏，所以要用抹布裹着它才能抓得牢"。

　　"手到擒来"，说明易捉。而"用抹布裹着它才能抓得牢"，则说明不易捉。岂不自相矛盾？其实，这逮长鱼，还真是个"技术活儿"，正所谓，会者不难，难者不会。而对于土生土长的农村孩子来说，逮长鱼，没有什么费难的，均在行得很。

　　夏夜，三五个孩子成了帮，提了铅桶之类，点了蘸满柴油的火把，在秧田间的小道上徐行，红红的火把下，偶见田中有长鱼，伸头出水，仰身朝天，浑身黄黄的。这当儿，便有人悄悄蹲下伸出中指，插入水中，贴近长鱼时，猛用劲一"锁"，长鱼便被"锁"住了。夜间，长鱼似眠非眠，体内乏力，多沿田埂缓行，一旦受惊则猛窜，想逮，就难了。乡里孩子多有一手"锁"长鱼的功夫。一夜下来，逮个五六斤，向来是不算个事的。但，也有转了一夜田埂，收获甚微的。总不能空桶而归，于是，干起那顺手牵羊的好事——倒"丫子"。将别人张好的丫子，一一倒过，再张下。那张丫子的，只得自认倒霉了。因为，半夜起过身的丫子，再进长鱼的，少得很。这当中，弟弟晚上逮长鱼，夜里倒了哥哥张的丫子，这种事，也不是不曾有过。

那时节，长鱼倒是便宜，五六毛钱一斤。农村人，自家孩子张的，逮的，要吃了，从小水缸里捞出斤把二斤来，饷好，划了与韭菜爆炒，挺下饭的。说到长鱼与肉红烧，那是城里现时的吃法，早先的乡间则不这般做。一来既吃鱼又吃肉，太浪费，二来鱼、肉在一起需慢煨，没工夫。不如韭菜炒长鱼，下锅一刻就好，好了往饭碗上一堆，带了饭碗就能下田了。农人的时光哪能在锅台上浪费了呢？

至于梁实秋先生在《雅舍谈吃》中所写"黄鳝"入菜的种种做法，则沾了一个"雅"字，乡里极少见。不过，他倒是带着极强的个人色彩来谈的。感觉得到，梁先生对"炒鳝糊"没有太多好感，甚至有些不以为然，在他看来，煮熟的黄鳝"已经十分油腻"，再"浇上一股子沸开的油"，似乎没有什么必要。而那些"大量笋丝茭白丝之类，有喧宾夺主之势"，不满之情绪已十分明了。于是，"就不能不令人怀念生炒鳝鱼丝了"。

看得出来，梁实秋先生对这道"生炒鳝鱼丝"的介绍，完全是喜形于色了——

我最欣赏的是生炒鳝鱼丝。鳝鱼切丝，一两寸长，猪油旺火爆炒，加进少许芫荽，另盐，不须其他任何配料。这样炒出来的鳝鱼，肉是白的，微有脆意，极可口，不失鳝鱼本味。

当然，梁先生对淮扬一带的"炝虎尾"给予了认可：

> 淮扬馆子也善作鳝鱼，其中"炝虎尾"一色极为佳美。把鳝鱼切成四五寸长的宽条，像老虎尾巴一样，上略宽，下尖细，如果全是截自鳝鱼尾巴，则更妙。以沸汤煮熟之后即捞起，一条条的在碗内排列整齐，浇上预先备好麻油酱油料酒的汤汁，冷却后，再洒上大量的捣碎了的蒜（不是蒜泥）。宜冷食。样子有一点吓人，但是味美。

如今，梁先生所列举的黄鳝的一些做法，城里的酒店多半都已列入菜单。唯有这"炝虎尾"，至今无缘得以一见。

毛鱼，规规矩矩地该叫鳗鱼。古称刨花鱼。说是鲁班在巢湖中修建庙宇时，刨花落入湖水之中变化而来。显然，这是为其古称找个说法罢了。

毛鱼与长鱼仿佛，身体长而无鳞，形体圆乎乎，滑溜溜，无一定技能者，捉之不易。两者外观色泽不同，毛鱼其背部呈青灰，腹部银白。

既然毛鱼仅存民间口头，那我在这小文往后叙述中，也规矩一回，将"毛鱼"换称之为"鳗鱼"。

据说，全世界有鳗鱼十八种，以其生存地域可分为河鳗和海鳗两大类。河鳗，又有蛇鱼、风鳗、白鳗、白鳝、青鳝、青鳗、流鳗等称谓；海鳗，亦有黄鳗、青鳗、赤鳗、海毛鱼、即勾、狼牙鳝、青鳝、白鳝、牙鱼等称谓。另外还有沙毛鱼、黑羽毛鱼之说。最是那"黑羽毛鱼"，通体乌黑，样子古怪，有点儿吓人。所以落下个"黑魔鬼"的坏名声，也是咎由自取，不值得同情。借名的，还有毛毛鱼，跟毛鱼除了同属鱼类，实在是没有任何血缘关系。而借名借得有点离奇的，属两种植物：毛鱼黄草和毛鱼臭木，那真的与毛鱼半毛钱的关系都没有。让自己的大名冠以"毛鱼"二字，只能说明这大千世界，实在是丰富多彩。

鳗鱼是一种洄游鱼类，原产于海中，溯游至淡水水域长大，后回到海中产卵。每年春季，大批幼鳗成群结队，浩浩荡荡，从大海长途远游进入江河口。雄鳗鱼通常就在江河口定居生长，而雌鳗鱼则逆水而上，溯游进入江河流域以及与江河相通的广大湖泊，之后便在江河湖泊中安家生长、发育。

说起来，鳗鱼还是有其神秘色彩的。其洄游的过程，极其艰辛，且不说它。这个过程中，鳗鱼"绝食"时间达一年有余，实在让人类难以想象，觉得不可思议。还有就是，鳗鱼的性别转换，让我们同样觉得不可思议。原来鳗鱼的性别，受环境因素，以及它们生存密度的影响，当生存密度高，而食物又不足时，雌鱼会变成雄鱼；当生存密度低，且食物丰富时，雄鱼则会变成雌鱼。有专家称，人工养殖的鳗鱼，寿命可长达五十年，也算是长寿鱼了。当然，与"千年乌龟万年鳖"比起来，似乎不值一提矣。

鳗鱼，往往昼伏夜出，喜欢流水、弱光、穴居，常在夜间捕食，食物中有小鱼小虾之类。说起来让人有点不可接受的是，这鳗鱼非常喜欢食用腐烂动物尸体。

儿时的记忆里，夏季，农家孩子的乐园在河汉。游水，摸虾，踩蚌，掏蟹，营生可多啦。细猴子，浑身精光，出入水中，清凉惬意，自由自在。偶尔，会从河中漂浮着死猪、死狗之类头颅骨中，捉出条鳗鱼来，其过程虽然有些令人作呕，但捉到肥肥胖胖的鳗鱼，还真是叫人开心死了。要知道，那时候，农家的餐桌上很难见荤腥的。好不容易捉到的鳗鱼，此时一定双手"锁"紧，两腿踩水速游，近得水桶，才慢慢放入，若让其窜入河中，那可就前功尽弃也。这时候，三五个细猴子，围了水桶，好一阵观看。见那细头，长身，浑身肥得快冒油的鳗鱼，在水桶里来回游动，馋得口水直往外流了。

即便是流口水了，鳗鱼拿回家，也还是不见下锅。被大人腌制起来了。时隔数日，家中窗台上便能看到些许咸鳗鱼段子，太阳底下晒得直冒油。征得大人允许，挑两三段，放在小钵子里，配上油、盐、姜、葱之类，就着饭锅里炖。上得餐桌，多为孩子们享用，大人偶尔尝一下。那滋味真不错，油渍渍，香喷喷，肥段段，好不解馋。

在我的故乡，鳗鱼用钩"张"，用网"拉"，皆可得。这里打鱼人，独船作业，便是"钩张"。三五条渔船聚在一处，便用网"拉"。几"墙"网一齐下水，船在河中行，人在两岸走，纤绳拉得紧绷绷的，号子喊得响亮亮的，惹得农家孩子三五成群溜到圩岸边观看。也有大人提了小篮子在岸上边看边等，网一出水，能买些"刀子""白条子"之类的小鱼，一来价钱便宜，二来活蹦乱跳的，回家就下锅，讨个出水鲜。那鳗鱼，肥肥胖胖的，躺在渔桶里，模样挺讨人喜欢的，只是价钱太贵，乡里人则不开这个口的。

鳗鱼被称作是水中的软黄金，历来被视为滋补、美容之佳品。日本人的烤鳗鱼饭颇为有名，现在传遍中国诸多城市也。尤被现时的年轻人青睐。

我国的古代典籍《掌中妙药》《圣惠方》《本草纲目》中均记载了鳗鱼的神奇食疗功效：补虚、暖肠、祛风、解毒、养颜、愈风，疗伤腰肾间湿风痹，治传尸痨气劳损，暖腰膝，起阳，治小儿疳劳、妇人带下。

鳗鱼肉肥味美，煎炸、红烧、炒、蒸、炖、熬汤，无所不可。前面所述晒干后的鳗鱼段子，有个专有名词，叫鳗鲞。食用时可用水发之，切丝入汤，味道也很好。

鳗鲞，在我的印象里，是不用水发的。我们家中多半是加配好的作料，也就是寻常葱姜之类，置于锅内隔水蒸，蒸熟之后的鳗鲞，如前文所言，"油渍渍，香喷喷，肥段段，好不解馋"。这些都是民间做法。清代袁枚在《随园食单》中有三道鳗鱼的做法，较为典型，现抄录如下：

汤 鳗

鳗鱼最忌出骨，因此物性本腥重，不可过于摆布，失其天真，犹鲥鱼之不可去鳞也。清煨者，以河鳗一条，洗去滑涎，斩寸为段，入磁罐中，用酒水煨烂，下秋油起锅，加冬腌新芥菜作汤，重用葱、姜之类，以杀其腥。常熟顾比部家用纤粉、山药干煨，亦妙。或加作料，直置盘中蒸之，不用水。家致华分司蒸鳗最佳。秋油、酒四六兑，务使汤浮于本身。起笔时，尤要恰好，迟则皮皱味失。

红煨鳗

鳗鱼用酒、水煨烂，加甜酱代秋油，入锅收汤煨干，加茴香、大料起锅。有三病宜戒者：一皮有皱纹，皮便不酥；一肉散碗中，箸夹不起；一早下盐豉，入口不化。扬州朱分司家制之最精。大抵红煨者以干为贵，使卤味收入鳗肉中。

炸 鳗

择鳗鱼大者，去首尾，寸断之。先用麻油炸熟，取起；另将鲜蒿菜嫩尖入锅中，仍用原油炒透，即以鳗鱼平铺菜上，加作料煨一炷香。蒿菜分量，较鱼减半。

黑鱼·螃蟹·田鸡

黑鱼倒是名副其实的。浑身黑笃笃的，脊背尤黑。至腹部，鳞色淡成瓦灰，如接二连三飘浮来的瓦灰云。因而，无论是俗名"黑鱼"，还是学名"乌鳢"，都由其身体颜色而赋名。

这种鱼，一见就是一副凶相，不好惹。最是那一口利齿，张口便咬，厉害得很。小鱼小虾，从其身边经过，那便是如同到了"鬼门关"，九死一生，在劫难逃矣。

黑鱼，在哺食之时，往往取凶猛之势，攻击迅疾而有力，以一举捕获为必杀技，从不拖泥带水。这跟它的身形有很大关系。其黑色的脊鳍、腹鳍，短且小，紧贴身体，浑身圆溜溜，实在在，无甚多余的附着，显得干练、流畅，精神。这种模样，天生就是好战分子。不仅小鱼小虾不放过，就是自己的同类，也会自相残杀。因此，那些以开挖鱼池为基地，从事养殖的养殖户，最担心的，便是鱼池中出现黑鱼。只要有一条黑鱼存在，所养殖的其他鱼类，生存难矣。

在我的老家，早年间多沤田，水汪汪的，只种一季水稻。一个成人，站在沤田里，都要陷至大腿根部的。这沤田里，多水，多淤泥。往往是一到春夏发水时节，沤田里便会毫无由来地生出许多的鱼来，野生的小鱼小虾不谈，上斤两的鲫鱼、鳊鱼、鲤鱼，还有昂刺鱼、季花鱼、泥鳅、黄鳝之类，数不胜数，成群结队，这当中让人捕获之后感到兴奋，有捕获感觉的，便是黑鱼。

也许有人会问，你刚才不是说，有了黑鱼，其他鱼难以生存吗？这沤田里，怎么会有那么多大大小小的杂鱼，且又存有黑鱼呢？这得要容我再细述一番。

上述所言那些杂鱼，其实是过水鱼。多为发大水从河汊里溯游进入稻田之中。而黑鱼，就不一样了。它属地地道道的原住民，生活在这稻田里时间久矣。有的甚至经过干旱季节，黑鱼都能深藏于田底潮湿的淤泥里。这要是从沤田里捉到一条，那就是不得了的"巨无霸"了。当然，这样过大的黑鱼，吃起来味道反而差了，原因便是活得太久，肉质老掉了。

故乡人之于黑鱼，多半是叉戳，钩钓。

夏日里，菱蓬、水草繁旺的水面，偶或有黑鱼乌儿（黑鱼幼年的俗称）出没，成趟成趟的，东游西荡，时而露头叭水，时而水底嬉戏，样子甚是顽皮。懂鱼性的，一望便知，深水处定有老黑鱼。这里，有个细节需要交代，到了交配期的黑鱼，无论雌雄，都会嘴衔长长的水草，忙碌着为自己产卵筑巢。只要你在一片水面当中，看到一处水草浓密的所在，那多半是黑鱼的产卵的巢。雌黑鱼会把卵产在浓密的水草丛中，之后，雄黑鱼随即会在此射精。由此，两条亲鱼，便形影不离，守护于此，以防自己的后代遭遇不测。它们自然知道，这新产的卵，不用说其他方面的威胁，就是同类的威胁，就已经让两条亲鱼马虎不得。巡逻，看守，一刻不离，即便到了小黑鱼乌儿出世，由小蝌蚪状，脱胎成形，两条亲鱼也总是不肯离开它们的后代。没想到，如此凶残的黑鱼，竟然这般疼爱自己的子女，总是暗中保护，不离不弃。也真是奇了。

对于捕鱼者而言，发现黑鱼乌儿之后，只要手持鱼叉——一种捕鱼用具，构成颇简单：一根竹竿子，粗细、长短均相宜。端头绑上铁制叉头。叉头共五个爪，围成圆形，尖尖的。周围四个，一般长短；中间一个，稍长，且有倒刺。鱼戳上去，想逃，难矣。

悄悄沿堤岸，跟上一个时辰，把准时机，下叉。一条活蹦乱跳的黑鱼，便戳住了。这刻，若是得意扬扬，拎了新捕获的黑鱼，扛了鱼叉，往回走，那就错矣。

何故？原来，疼爱自己的子女，是两条亲鱼共同的责任，在护佑幼鱼阶段，它俩是形影不离的。还有就是，两条亲鱼之间，可谓是夫妻恩爱，夫唱妇随。此时，你戳了一条，另一条定会在此来回寻找。只要稍事歇息，故技重演，自有收获。

当然，用叉，不精不行。不精，往往叉下去了，不见有鱼。那黑鱼，虚惊一场，早跑了。用叉没把握的，便是用钩钓。

钓黑鱼，与钓一般的鱼不同。一是钩，与一般的钓鱼钩有区别，得大，且长。二是诱饵，颇特别。不如钓其他鱼那般讲究。常见的是泥团子。三是钓法不一样。钓其他鱼，讲究静坐。钩下水，一沉个把小时，一动不动，也是常事。钓黑鱼，则用黏土做成的小团子，挽在钩上，就了黑鱼乌儿出没之处，尽往乌群中丢。丢下，提起。丢下，提起。如此反复，动个不停。泥团击水，发出"咚，咚，咚，咚"的声响。那暗中保护子女的老黑鱼，察觉有敌来犯，便毫不犹豫地出击，大嘴一张，便上钩了。

黑鱼到得厨师手中，若是割鱼片，做成炒鱼片、炒三鲜，以及酸菜鱼之类，肉嫩，味鲜，令食者不忍停箸。在我的印象里，一道酸菜鱼，在众多地方风靡，故乡有以此为生者，做出一道"白雪酸菜鱼"，其鱼片只选黑鱼鱼片，加之厨艺、配料皆有独到之处，因而火得很，没几年工夫，竟成了地方一个品牌，生出若干连锁店来。想想也不奇怪，这酸菜鱼前面，加"白雪"二字，就颇叫人向往。实在说来，店主只是如实告知罢了，这黑鱼割出的鱼片，真的是秀泽诱人，洁白如雪。

在一般家庭之中，黑鱼烧汤极常见。将洗净之后的新鲜黑鱼，切段子，配了葱、姜之类的作料，加适量料酒爆炒。之后，加汤炖烧。炖烧时，用足火功，适时加些"荤油"。汤色渐至乳白，且有黏汁，便可起锅。其时，尽可弃了鱼段子不管，但用那汤，奇鲜。不过，小胡椒不可不放。那浑身黑笃笃的黑鱼，做起汤来，纯粹乳白。

怪呢。

螃蟹，形体近乎椭圆，两侧长有八爪二螯，均匀分布；再配上一副颇坚硬的躯壳，活脱脱一介武夫。稍有动静，便高举双螯，张开，摆出一副好斗的架势，八爪迅疾动作，霸道横行。那模样，很是"张狂"。

早先，兴化农村，螃蟹特多，逮蟹特易。河汊、水渠里，均有螃蟹踪迹。

夏季，乡里孩子在河汊里踩河蚌，碰到水草肥美之处，既能逮到鱼虾，亦能踩到螃蟹。一个猛子扎到河底，一只张牙舞爪的河蟹便拿将上来。水渠淤泥里，时常有蟹藏身，一踩到脚板底下，心里便有数了，用手去取，真是举手之劳。

逮蟹，有这般徒手逮的，也有用"蟹钩子"从蟹洞里钩的。

河堤边，或是渠堤边，常有形状各异的洞穴。内行人一看便知，哪一个是蟹洞，或是鼠洞，或是蛇洞，诸如此类。蟹洞多半在水底下，择好洞口，便可用蟹钩子试探。蟹钩子多用粗铁丝自制而成，造型极简，留个长长的柄，一头做成弯钩，较短。掏蟹时，将弯钩伸入洞内，凭手感而断。若是有明显阻碍，且吱吱作响，便是洞内有蟹。蟹钩点到为止，一般不宜硬钩。洞内的蟹，知道情形不妙，便会惊慌出逃。这时，掏蟹人可在洞口张了双手等蟹上钩。掏蟹人动作要快，手形要好，方可逮到出洞之蟹。否则，蟹或是从你掌心溜走，或是缩进洞内，再想掏出来，颇难。

乡里孩子掏蟹，常被蟹的双螯夹住。蟹离了水，夹得更紧，夹得小孩子杀猪似的乱叫。脑瓜子灵点儿的，便会用嘴咬断蟹螯，方能解危。

蟹爬起来颇快，故装蟹一般不用桶，多用网袋。蟹进得网袋，难爬。更常见的，则是带根麻绳，逮来的蟹，一只一只扣扎起来，一串一串地拎回家中，也有在半途中做成买卖的。

我很小就到村外上学，从家里到学校，要走过几条长长的沟渠。在这样的沟渠上走着，多半是一个人独来独往，了无生趣，无聊得很。但要是盛夏时节，情形就大不一样矣。

除了书包之外，我的手中便会多出一根麻绳，一柄蟹钩子。上学，往学校去时，只要提早些上路，下到漕沟之中，手摸钩掏，一只一只张螯舞爪的螃蟹，便从淤泥中，从洞穴中，捉拿到手，用那麻绳从蟹爪中间处扣扎，一只蟹扎一道扣，以此类推，形成叠罗汉的造型。半程捉它个十来只，没有问题的。下学，返回时，再如法炮制，跨进家门槛时，一串肥蟹便带回来也。

细心的读者，兴许会问，你进课堂听课时，蟹如何搁置呢？这在城里孩子想来，肯定愁煞人啰。其时，我们的办法极简便，一根小钉子，钉在课桌腿内侧，拴了蟹的麻绳，打扣挂上即可。当然，也会有些"咻咻咻"，蟹吐沫的声响，不过还好，不太影响听课的效果。想来，那时候没有现在这么讲究课堂纪律，螃蟹的那点儿声响算不得什么噪音。这里，还要悄悄告诉读者朋友，我们这些鬼精的调皮王，不只是掏蟹这一样，取鱼摸虾采河蚌，哪样不干？当然要把班上的老师们"敲定"。好在，这些蟹虾之类，那时候也不值钱。更何况送给自己的老师，有时还会有些"意外收获"呢。

那时节，一斤蟹，四五毛钱罢了。蟹卖到几十元一斤之后，便成了正规宴席必备主菜。

清煮之后的螃蟹，剥开，剔下蟹黄、蟹肉，与豆腐一起，做成一道"蟹黄豆腐"，趁热品尝，那味道甚是鲜美。较为客气的人家，便有一道清煮螃蟹，备了醋姜碟子，边蘸边吃。

清煮螃蟹，讲究的均上团脐的。团脐为母，长脐为公。团脐多蟹黄，只要蟹壳一剥开，便可见满壳蟹黄，很是诱人。

梁实秋在《雅舍谈吃》一书中曾言："有蟹无酒，那是大煞风景的事。"并以《晋书·毕卓传》中"右手持酒杯，左手持蟹螯，拍浮酒船中，便足了一生矣！"用以佐证有"酒"之重要。

梁先生大概代表了多数"士人"的想法。普通民众品尝螃蟹，有酒可品，无酒亦可品。对于一部分并不嗜酒者，酒倒干扰了自己的味蕾，影响了对蟹肉是否鲜美的判定与体味。至于先生提及"七团八尖"之说，现时的实情多为"九团十尖"。地球变暖，在长三角一带，不等到九十月份，那蟹，连壳都还是软的呢，味道自然就差多了。如此说来，"稻黄蟹肥"亦不能一概而论矣。

倒是梁先生的母亲，有一做法，既有意思，又有道理。将梁实秋他们几个孩子吃完蟹之后的蟹壳用秤称一下，轻的奖励。轻，说明吃得仔细。而真正吃得仔细的话，还可从蟹壳中见到一位"僧人"。据说，那便是硬插在许仙与白娘子中间的法海，自知罪责难逃，躲到蟹壳里，终生不复出。

稻黄蟹肥，如今是稻黄蟹贵。蟹贵，村民们便想方设法捕蟹。罾扳，簖拦，烟索熏，多管齐下，只为多捕蟹。这些蟹，一贩再贩，之后贩往全国各地，焉能不贵？！

不过，在我们孩提时的记忆里，农家煮蟹，时常是用脸盆装的。

田鸡是我们那里人对青蛙的一种俗称。想来是因为田鸡生存在水田里的缘故，乡民们又称其为"水鸡子"。

这田鸡，满身斑纹，长有四肢，前肢短且小，后肢长且壮，走路一蹦一跳的，蹲在水塘边、秧田里，叫起来"咕咕咕"的，怎么也想不出跟"鸡"有什么联系，咋沾上了"鸡"字，倒真是怪。

我们那里，与田鸡相仿的还有两种：癞蛤蟆和旱鸽子。癞蛤蟆学名蟾蜍，俗称也有叫"蛤蟆""赖宝"的，纯粹因外形得名。因为这种水生小动物，和田鸡形体大小差不多，长相也类似，只是背部长满了"癞点子"，皮质就没有田鸡那么光滑，故而如此称呼，倒是情理之中。

这旱鸽子，似乎介于田鸡与癞蛤蟆之间，整个体形较田鸡、癞蛤蟆都要小一些，长相更接近田鸡，身上无"癞点子"，但皮色不似田鸡那般鲜亮，更接近癞蛤蟆的灰暗色。只是有一点，它既无翅膀，又无鸽子尖尖的喙，怎么和田鸡沾有"鸡"字那样，被叫成了"旱鸽子"，当然也是有点儿奇奇怪怪的。

夏日的夜晚，稻田里，田鸡"咕咕咕"，"咕咕咕"，叫声此起彼伏，一浪高似一浪，农家小屋淹没在蛙声里。田鸡叫喊时，下巴鼓鼓的，一鼓一缩，挺有节奏。这当中，豪华装备的要数雄性田鸡，它叫喊起来，嘴边多出两个声囊，一收一张，声囊鼓起，似小气球一般，看上去挺有趣。

毛泽东在湘乡东山高等小学堂就读时，曾写了一首七言古体诗《咏蛙》——

独坐池塘如虎踞，
绿荫树下养精神。
春来我不先开口，
哪个虫儿敢作声？

常言说，诗言志。年轻的毛泽东便有不凡气度，一只普通的田鸡，在他的笔下，如此霸气十足，呈"王"者之姿，确实不同凡响。同样写田鸡，韩愈笔下的，则完全是别有一番情趣。

老翁真个似童儿，

汲水埋盆作小池。

一夜青蛙鸣到晓，

恰如方口钓鱼时。

而对于更年轻的一代，如我女儿她们这一辈，"青蛙王子"的故事，似更有吸引力。由德国格林兄弟收集、整理、加工完成的德国民间故事集《格林童话》，几乎陪伴了她们整个童年。其实，有关青蛙的民间传说，在我国分布亦极为广泛。汉族有"青蛙公主"传说，说青蛙乃龙王之女；彝族的"支格阿龙"神话中也有关于"长腿青蛙"的描述；广西壮族有专门的蚂拐节，这里"蚂拐"便是青蛙。壮族人甚至将"青蛙"永远地铸在了铜鼓之上。

田鸡堪称捕虫能手，其技甚佳。田鸡捕虫，全凭跳跃的功夫。若是有目标出现，那田鸡两只后腿一蹬便跃出老高，老远，长舌一伸，那秧叶上的害虫，便入得它的口中。

正是这种缘故，种田人对田鸡颇为感激。家中孩子逮了一两只田鸡，拴了线绳，玩耍时便会骂得不得了："细猴子，田鸡玩不得的，田鸡能吃百虫，护庄稼呢，还不快放了。"小孩子纵然一百个不情愿，也只得解开线绳，望着田鸡跳入水中，无可奈何。

田鸡的种种好处，种田人自然记得，公家也了解得颇清楚。每年都发下话来："保护青蛙，消灭害虫。"然，收效总不太理想。

夏季一到，蛙鼓阵阵，那稻田间，便有提蛇皮袋的人，打了手电，捉田鸡。或叉戳，或手逮，一夜捉个大半袋子，是少不了的。捉来的田鸡活生生，割了头，剥了皮，去了内脏，用线绳十只一扎，十只一扎，扎好。翌日清晨，拿到街上去卖。

年幼无知，曾干过这捉田鸡的勾当。长大初有常识之后，便弃之不食，几十年过来矣，时至今日，一直如此。实在是看不得那活蹦乱跳的田鸡，被割了头，揪心得很。

"卖田鸡"这样的买卖，自然不敢进农贸市场，那是要挨罚的。卖田鸡的，精得很，多在小巷间窜溜，适时吆喝几声："水鸡子卖呀——"

于是，有居民买上一两扎子，剥进些蒜头子，白烧。汤白，味鲜。尤其是那两条大腿的肉，蒜瓣子似的，据说挺好吃的。这道菜还有了一个诱人的名字，"白灼美人腿"，真亏有人想得出。

这些田鸡，既是他人所宰杀，买下吃了，在多数人想来，倒也心安理得。

只是，田鸡的命，不免有些苦了。

第三辑：流动的日子

平凹楚水行

　　不久前，从电视上看到贾平凹先生出现在《鲁豫有约》栏目中，听他讲年轻时在家乡劳作所受的艰辛，听他讲《废都》问世之后引发的种种议论，看着他那熟悉的脸庞，让我想起了多年前在家乡兴化接待他的情形。

　　我清楚地记得，那是一个五一节，平凹先生便是因为《废都》而来江浙作为时一年的体验生活的，兴化是这当中的一个点。农历四月的水乡，柳絮如雪，微风轻拂，偶或，有几行稀疏的细雨，滋生出些许淡淡的诗意。在这个季节里，接待一个文人倒是蛮相宜的。

　　平日里，喜欢动动笔的缘故，有意无意间亦读过平凹先生的一些作品，从《满月儿》到《腊月·正月》，从《心迹》到《商州》系列，从《浮躁》到《废都》……在我的心目中，平凹先生是个不仅汲取了大山之灵气，更汲取了古今之灵气的高产作家。

　　平凹先生是从邻近的汪曾祺老先生的家乡——高邮——而来兴化的，一路风尘，到兴化已是傍晚时分。我和文联的同志在兴化宾馆平凹先生下榻处迎候着。一辆白色轿车驶入宾馆区，有人说了声："来啦！"我赶紧出门，同行者中有《美文》的常务副主编宋丛敏先生和我的老师青年文学评论家费振钟。费老师上前给我介绍："这位是贾平凹老师。"我赶忙伸出手去，把贾老师迎进宾馆。说实在的，见了平凹先生，正应了人不可貌相这句熟语。要不是费老师介绍，我根本不会相信，眼前这位身材偏矮，肤色偏黑，相貌平常的中年人，会是写出一部又一部才气横溢大著的大作家。然而，很快我又发现了那浓眉下一双深邃的大眼睛。我又见到了作家手夹香烟，托腮沉思的熟悉场面，那已不止一次地在一些书刊上见到过。这才是作家贾平凹。

根据原先的安排，平凹先生在兴化只有大半天的活动时间，上午我们安排参观兴化市文博中心和郑板桥故居。文博中心是为了纪念板桥先生诞辰三百周年于一九九三年建成的，平凹先生很是为一个县级市能花八百多万建设六千多平方米的文博中心而感到高兴；在参观了中心内的兴化历代名人馆后，又为兴化这样一个小地方，竟出了刘熙载、宗臣、施耐庵、郑板桥等一批历史文化名人而赞叹。他欣然提笔写下了"难得糊涂人，得大自在文"书赠文博中心。

为了让平凹先生有机会领略苏北水乡的风光，亲身体会一下乘船游于水上的感觉，我们安排了观千垛秀色。被我们当地人称之为"水上飞"的小快艇，载着平凹先生一行，飞速行于碧波之上，快艇劈波斩浪，恰似水上飞。平凹他们聚精会神地观看着两岸水乡景色，一处处村庄被抛在身后，一垛垛菜花闪过一旁，船速时快时慢，平凹先生颇感新奇：坐此船，生平还是头一次。在垛田，他登楼远眺，领略了"三十六垛八卦阵"的原始风貌，望着那错落有致的菜花垛，望着那纵横交错的河汊，平凹先生感叹道：难怪施耐庵能写出神神秘秘的水泊梁山，能写出浪里白条这样栩栩如生的水上人物。不虚此行，不虚此行。

闻得著名作家贾平凹在垛田参观，一批又一批崇拜者，纷纷赶来，带着《坐佛》《废都》《白夜》等贾氏著作，请平凹签名、题词，弄得我们都深感歉意。然而，平凹先生却丝毫没有一点名人架子，总是一一满足。就在快离开垛田时，又来了一批要签名、题词的，平凹没法，只好借助轿车的车头，伏在车上一一满足了崇拜者的愿望。当来访者满意而归时，平凹先生才抹了抹额头上的汗珠子，点上一根烟。我跟平凹先生开玩笑说："贾老师在兴化过了一下名副其实的劳动节。"平凹先生用他地道的陕西话应道："没啥，没啥。"

本当下午就该去扬州的，然，楚水风情深深地吸引了这位山里长大的"平娃"。听说大纵湖比千垛更迷人，平凹先生便欣然前往。换乘港监艇，船速虽稍慢了一些，但坐在船艄的条椅上，悠然地欣赏两岸景色，则别有一番情韵。沿水路北上往大纵湖，那一株株村树，那一段段竹制簖薄，那一张张宽阔的罾网，那一条条曲曲折折长龙般的"幻"（水乡一种捕鱼工具），无一不引起平凹先生的兴致。不时，有送货小船相擦而过，有成趟的鹅鸭浮水而去，有扎了红头巾的渔姑水上放钩……平凹先生出神地望着这一切，忘了吸一吸手中的烟。

大纵湖一望无际，碧水连天，烟波浩渺，令人心旷神怡。当平凹先生得知，这几千亩水面，每年能产出大量的鱼、虾、蟹等水产品，能为当地百姓创造几千万财富时，他由衷地敬佩水乡人的勤劳与精明。当平凹先生得知，这里的养殖户，有的已把养殖的水面扩展到外市、外省，有的已把水产品用飞机送往新加坡等国家，他由衷地敬佩水乡人的气魄与胆色。在湖上一条具有现代宾馆气息的渔船上，平凹先生同样感受到了改革开放给渔民带来的种种实惠。当打着领带、手持大哥大的渔民陈中华邀请他金秋蟹肥时节，再来他船上做客时，平凹先生开心地笑了。

太阳，不经意间已变成了一只红灯笼，收起了原先耀眼的金光。游艇在晚霞里返航了，同行者中，有的在闲谈，有的则闭目小憩，而坐在舱中的平凹先生，则倚窗凝视着那西坠的红日，他的思绪似乎已远去了，远去了。

陪阎肃老先生夜游凤城河

听说凤城河景区二〇〇八年五一节期间正式对外开放，很是为同邑之人多了一处游玩之所而高兴。毕竟，泰州城区可供人们休憩放松的所在还是少了些。凤城河景区未曾正式对外开放时，我倒是去过的。景区管委会搞了一个笔会，请了本地一些作家，我也在应邀之列。看了景区内在建中的望海楼之后，有所感叹，写了篇短文《海的遐想》，流露出的是一个后裔"今古如一"的望海情愫。其时，不只是望海楼，景区内诸多景点都在建设之中，想不到一年之后竟对外开放了。高兴，是发自内心的。

更让我高兴的是，就在凤城河景区开放的当日，我接到任务要在凤城河景区接待著名的词作家、剧作家阎肃老先生，他老人家是应邀来泰采风的。说实在的，我个人对阎老不仅景仰，更是从心底充满感激。诚然，他创作的歌剧《江姐》《党的女儿》，还有《我爱祖国的蓝天》《长城长》等一大批军旅歌曲，以及红遍大江南北的京味歌曲《前门情思大碗茶》《唱脸谱》等，有着非常大的影响。但让我感激他，想亲近他，是因为他为我家乡写了一首非常非常好听的歌。由他作词，孟庆云作曲，谭晶演唱的《梦水乡》，让我这个兴化人每每听及，都心生暖意。"笑望海光月，轻叩板桥霜。微风摇曳竹影，我的梦里水乡。""万亩荷塘绿，千垛菜花黄。荟萃江南秀色，我的甜美故乡。"在阎老的笔下，我的家乡既是如此具象，如此真切，又充满了诗情，充满了画意，再加之年轻歌唱家谭晶饱含深情、委婉细腻的演唱，真的让人如入梦境，如痴如醉。能参与接待他老人家，让我好不开心！

阎老最近的忙碌，虽不及"地球人都知道"，也是全国歌迷、体育迷都知道了。第十三届青歌赛颁奖晚会上，我领略了阎老幽默风趣、慈善平和的风范；北京奥运倒计时一百天晚会上，又见他老人家的身影……这不，他要亲来泰州，为凤城河写歌呢！

华灯初上，我陪同阎老来到凤城河景区老街广场，景区管委会主任刘宁先生早迎候在那里了。阎老自然用不着我作介绍了，我只是把刘主任介绍给阎老。从老街入桃园，短短几百米，不少市民认出了阎老，很是惊喜，有的径直上前和他握手问候，阎老笑眯眯的，点头，握手，显得平和，可亲，没一丁点儿名人大家的架子，有如邻家熟识的老者。

游览被安排在晚饭之后，阎老及其夫人一行在我们的陪同下，从水榭码头上船，乘凤城河一号游船往望海楼方向行驶。宽敞的游船，金碧辉煌的色调，并没有引起他太多的关注，倒是游船茶桌上放置的两样小食吸引了他。经询问得知，一种是泰州当地极常见的麻糕，一种为泰州民间作坊所制薄荷糖。老人家喝着盖碗茶，品着当地小食，连连点头，"不错，不错，真的不错"。管委会刘主任不时向阎老介绍沿途的景点，这才让他老人家把注意力从船内转向船外。

刘宁主任介绍道，凤城河景区以"传承历史文化"为理念，望海楼、桃园景区二十多个景点汇集了泰州历史、戏曲、民俗、商业四大文化。景区核心景观望海楼，始建于南宋绍定二年，历代文人墨客颂扬颇多，后屡毁屡建，盛世重开，更领江淮雄风。楼西文会堂，史载初为北宋滕子京所建，今复建此堂，列北宋时在泰为官，后均至宰相的晏殊、范仲淹、富弼、韩琦、吕夷简五人蜡像，堂前植"五相树"，立国际雕塑大师吴为山所作范仲淹塑像，加之景区州城遗址、清风阁等景点，再现的是泰州"州建南唐，文昌北宋，名城名宦交相重"的盛况。望海楼隔河为桃园，取孔尚任寄寓泰州陈庵完稿《桃花扇》之景，与泰州梅园戏剧、柳园评话相连，三园一线，为"戏曲文化三家村"，徜徉其中，宛若行走于中国戏曲文化长廊。在刘主任介绍的过程中，游船与望海楼愈来愈近了。

但见那望海楼，高高耸立于夜幕之中，楼身金光闪闪，通体辉煌；楼下波光粼粼，倒影可见。此时，黑夜倒成了一名剪影高手，它就着楼的轮廓，完成了一幅精妙之作。"漂亮，太漂亮了。"阎老赞叹着，转而对我们说，"我原以为凤城河，就是一处自然风景，没想到有着如此厚重的文化积淀。"当游船经过一座现代气息极浓的拱桥时，他又被勾勒桥梁的轮廓灯所吸引。在他看来，如此流畅的线条，有如一首动听的歌，且这首歌在如此古老的望海楼、文会堂上空唱起，依然如此和谐，如此相融，真是美之极，妙之极。

夜游，让我们品味到了凤城河的别样风情。你看，这闪烁的霓虹，让凤城河景区在夜色中变得富丽堂皇，色彩斑斓；这粼粼的波光，让沿岸的每一处景点在城河里变得姿影绰约，流光溢彩。阎老边听介绍，边观赏沿途景色，时不时地有些问话。

游船缓缓行于东城河，阎老依旧默默看着船外，整个游船一下子静了下来。不一会儿，工作人员提醒道："游船快返回到岸了。"这刻，阎老猛然开口道："你们这首歌的切口，我找到了。"他这一说，引来了众多期盼的目光。然，关于歌，他只字不露了。看来，我们只有期待了。

虽然，阎老没透露他将要写的歌词，他还是应刘主任的要求，为景区题写了"海内名家，尽入一望"八个字。这看似平常的八个字，意思贴切易懂，却暗藏玄机呢。细心者，不难发现，这八个字中字尾和字首正好组成"望海"一词，扣凤城河主景"望海楼"，含泰州人"今古如一"的望海情节，真乃平中藏奇之笔。我们完全有理由相信，善用奇笔的阎老一定能为凤城河创作出一首传之久远的歌来。

五千多个日日夜夜的等待

二〇〇四年五月十三日，这个原本极平常、极普通的日子，可对我和我的家人来说，却有着极不平常、极不普通的意义。因为，这一天我将在台湾高雄见到我的舅公，这是继舅公十四年前第一次回大陆探亲之后，他在大陆的亲人第一次到台湾去看望他。为了这一天，我和我的家人已经等待了五千多个日日夜夜。

去台湾的事，早在一年前就有打算了。作为泰州文联代表团的一员，我盼望赴台除了想做些两岸文化交流之外，还是存有私心的：想到台湾舅公家看看。知道我有这样的行程之后，舅公那个心情似乎比我更为迫切。每隔几日就会来电话寻问，何时启程，具体哪一天到台湾。然而，二〇〇三年一场突如其来的SARS病毒，让我们赴台的行动计划被迫取消了。说实在的，我的内心倒是一阵紧张，生怕好不容易得来的机会就这样丧失掉。也叫"好事多磨"吧，二〇〇四年五月八日，我终于如愿随泰州文联代表团飞抵台湾。虽然内心很想一步就跨进舅公的家中，但此次来台湾毕竟不是专门探亲的，团里的交流活动还得参加。五天之后，代表团在高雄活动，我这才有机会和日夜想念的舅公见面。因为舅公的家就在高雄。

五月十三日下午，我推掉省同乡会邀请的见面会，早早在入住的文宾大酒店等候舅公的到来。我这次来台湾，说起来，应该是舅公离家以后回大陆探亲的一次回访。内心的激动与紧张是不言而喻的。因为，从我们这一个大家庭几十口人来说，我是第一个来台探望舅公的。等待的时光是漫长的，我在脑海中设计着、想象着与舅公相见的不同情形，激切的拥抱、热切的问候、滚烫的泪花……五千多个日日夜夜的等待，让我有太多太多的期待、太多太多的感慨。

第一次和舅公见面，是在十四年前了。那是他离开大陆后第一次回家探亲。听母亲说，舅公十六岁随国民党部队去的台湾，先是当海军，后来又跑海轮，去过世界上几十个国家呢。那时也想，自己整年整月在这么多的国家跑，怎么就不能回大陆看看自己的亲人呢？无奈天各一方，唯有思念相伴。舅公的这个心愿直到他退休之后才得以实现。所以，他从工作上退下来之后的第一件事就是：回大陆看望自己的亲人。

我至今都清楚地记得，当舅公回到阔别四十五年的故土，见到家里的亲人时，早已老泪纵横，不能自禁，一家人都陪着他流泪，这泪水中饱含着太多太多的思念，太多太多的酸楚，太多太多的悲喜……其时，舅公已经六十一岁了。在家中的日子，舅公终日被亲情包围着。一家一家地探望，给每家大人小孩送上早就准备下的礼品。也亏他想得周到，家中的亲友无一例外，舅公都准备了礼物。几十天的时光很快过去，转眼到了舅公的归期。难舍难分自不必说。

一阵急促的门铃声，打断了我的思绪。我紧步上前打开宿舍门，只见一位中等身材、满头银发的老人站在门口，口中轻唤道："仁前！"我竟一时无语，迟疑片刻之后，才放声叫道："舅公。"没有壮观的场面，没有热烈的拥抱，没有滚烫的泪水，和舅公的见面平静、平和、安然。一切有如家常之中，家长见到自家孩子似的，自然而然。局外人根本不会从中知道这是一次十四年之后的见面，这次见面有着两岸亲人之间五千多个日日夜夜的等待。也许有人会心存疑惑，为何如此漫长的等待之后的见面，会略显平淡呢？说实在的，这跟我头脑中想象的也是有距离的。然而，事后我再想这件事情时，却不再这样看了。海峡两岸的地理距离虽然现实地存在着，两岸的亲人因此而分隔着。但有形的隔不断无形的，我们一家和舅公一家的亲情是水乳交融、无法分离的。我们的欢笑，我们的酸楚，我们的思念，我们的心，所有一切的一切都在一起，并不会因为地理区域的隔阻而分开。既如此，一切归于平静，一切归于平和，一切归于安然，也就再正常不过矣。

随舅公来酒店接我的，还有舅奶奶和他们的小女儿、小女婿。因为时间的关系，我们上了舅公小女婿的私家车就直接到了舅公为我接风洗尘的饭店，是一家绍兴人在台开设的"老绍兴酒家"。一到酒店，我惊呆了，原来舅公把在台的家人全部叫了过来，大大小小十来个，坐了满满一大桌子。舅公先把我介绍给他的家人，然后再向我一一介绍。在舅公的介绍中，我知道了他和舅奶奶一共生了三个女儿，都已婚配，第三代中有一个外孙和三个外孙女。三个女儿不和他们老两口住在一起，分别在花莲、垦丁和台中，为了迎接我这次的到来，她们都请了假，也赶了几小时的路呢。席间的气氛自然是融洽的，连我自己也想不到，与舅公的家人第一次见面就如此亲密无间，没有一点隔膜的感觉，这又一次让我体会到亲情的伟大。舅奶奶告诉我，这家酒店是舅公最喜欢的，他老人家记忆深处忘不了大陆，那是他的根之所在。所以，半个多世纪过去了，他对家乡的饮食也还是情有独钟。舅奶奶可是土生土长的台湾人，几十年来对舅公生活起居中的每件小事都照顾有加，这对原本举目无亲、孤身在台的舅公来说，也是极大的慰藉。我作为晚辈在席间唯有不停敬酒，感激舅公如此的安排，感激舅奶奶几十年来对舅公的关爱，感激舅公一家的盛情。为了让这一切能给在大陆的我的亲人们也能看到，我用自己并不熟练的摄像技术在席间不停地拍摄，我要记录下这珍贵的见面，这五千多个日日夜夜等待之后才能有的见面！

　　晚饭后，我便在舅公一家人的陪同下前往舅公在高雄的家（在我的心中舅公真正的家还是在我们那里，在大陆）。舅公所住的是一个眷属区，用当地人的解释，是大陆过来当过兵的，这样的人安置在一起，就成了一个特定的区。舅公家在一幢公寓楼的一楼，三室一厅，挺宽敞的，家中收拾得有条有理、干干净净。当我继续我的摄像工作时，我在镜头中发现了两样我熟悉的东西：两幅字迹飘逸俊秀的书法作品！一幅横的是"月是故乡明"，另一竖幅是贺知章的"少小离家老大回"。这两幅作品是十四年前，舅公第一次回大陆，见到分离四十五年之后的故乡，我请友人知名书家张宗铭先生专门为舅公题写的。舅奶奶告诉我，舅公很是看重那次带回来的这两幅字，这么多年来一直挂在客厅最醒目的地方。我离开摄像机的镜头，凝望着满头白发的舅公，那微胖的脸上流露着慈祥的笑意。我在心里默算，老人家今年也七十五虚岁啦。听说，他前年直肠癌动手术后留下一点后遗症，一天当中如厕的次数大增，这就给出行带来诸多不便了。他原本今年就想再回大陆一趟的，而且决意要把小女儿、小女婿带回老家看一看。老人家的用意是十分明了的，他是想让他的后人不要忘记大陆——他的根之所在，他是想让他的后人和大陆亲人之间的亲情能绵延不断。

　　在舅公家中的叙谈是极其开心喜悦的，我还特地在舅公家中给远在东北长春的父母亲打了电话，让他们也感受一下和亲人团聚的气氛。然而，分别很快就来到了我的跟前。我看看手上的表，时针早过了零点了。这已经是新的一天，二○○四年五月十四日了，一家人睡意全无。但明天代表团的行程还在等着我，我只得起身告别。原本很开心的舅公在送我出门时，声音颤抖着说了句："不知什么时候能再来啊！"其时，泪水

112

早已在我眼眶里打转了，为了不让年迈的老两口过分伤心，唯有强忍着、克制着。再三道别，我方才上了车，眼中的泪水还是无声地流了出来。望着转身进门的舅公的背影，我心中想到的是，按他这样的身体，这样的高龄，再想成行回大陆一趟，怕不易矣。想到这，心中生出一丝悲凉。这海峡两岸同是中华儿女，究竟要阻隔到什么时候？！

和母亲一起跳舞

在我的记忆里，未曾和母亲一起进过 KTV，更别说一起跳过舞了。母亲是个快七十岁的人了，没和我住在一起之前，一直生活在乡里，辛勤地操持家务，KTV 和跳舞对她老人家而言，有如天方夜谭，断无可能走进她的生活。

因为女儿要远行读书，二〇〇八年的春节，三个妹妹三个家庭，加上我岳父岳母，一大家子聚在了一起，十五六个人呢，好不热闹。酒席间，相互敬酒，互致祝福是免不了的。就连平时言语不多的母亲，也有声有色地讲起了她孙辈们孩提时的趣事。我女儿吵着"要孩（方言读 xia 阳平）子"，她怎么也弄不明白，小家伙说的是"要写字"。大妹妹家孩子只要开口唱歌，便是那么一句"呀西里，呀西里，不能告诉你"，母亲说，告诉她也不懂。是啊，她怎么会想到这是《粉红色的回忆》里一句歌词呢，只不过，"压心底"被小家伙唱成了"呀西里"。还有二妹妹家孩子跟她说起家中一顿吃全了"鸡鸭鱼肉"（她知道，小家伙在骗她，让她少担心呢，自然是家中大人教的），三妹妹家孩子见了婆奶奶家篱笆墙院门上锁会说"锁呃，走呃"（那时，我女儿是和母亲她们生活在一起的，时间长了就会想我们，母亲会让父亲安排村上的小差船子送小家伙进城，满足了孙女儿的愿望，哪知道小外孙子来却失望了）。

看得出来，母亲心情很好，往昔生活的艰辛没能难倒她，如今的日子她挺知足。一家人都说，多少年了，就数今年春节母亲最开心。是啊，几十年转眼间过去了，孙辈们一个个长大了，自己的孙女都要出国念书了，她能不高兴吗？可高兴归高兴，她答应孙女进KTV是我所想不到的。

晚餐后，女儿提出，他们几个小字辈去"嗨歌"。我和妻子自然应允。不想，几位老人也要跟着去，说是听他们小孩子唱。母亲是个一晚就睡的，她头不大好，有头疼的老毛病，晚上睡迟了是不行的。说是生我三妹时落下的病根，多少年了。因而，母亲总是早睡早起，从不睡懒觉的。我原以为，母亲不会跟来，那KTV的音响"轰轰"的，对她的头不利。谁知她劲抖抖的，一路走得蛮快。因为距要去的KTV不是很远，就没打车，可一上路，我发现风挺大，把父亲头上的帽子都刮掉了。我想开口让父亲陪母亲回去，风太大，况且到了KTV全然没他俩的事。然，望着二老劲头十足的脚步，我把到嘴边的话咽了回去。

一进KTV，我和女儿她们的代沟便再明显不过了。我自以为流行歌曲还会唱几首的，可等到她们开口一唱，都是些从未听过的，语速快，节奏强，摇滚味太浓太浓。这样的情形下，我自然退下阵来，女儿们成了绝对的强势主角，"麦"不离手了。

KTV里，音乐轰鸣声还是大了一些，我担心母亲的头不能适应。可，与我预想完全相反的情形出现了，随着强烈的摇滚节奏，母亲竟跟着大伙儿一起跳起舞来，扭胯，摆手，挪步，每一个动作都有模有样，丝毫不比我这个进KTV次数不算少的儿子差。几个很时尚的孙辈，看了也激动得直鼓掌，女儿说，奶奶是个跳迪舞的天才。

我看着看着，迎上去拉着母亲的手，和她一起扭起来，动起来。这可是我和母亲第一次跳舞，我相信这也是母亲生平第一次进 KTV 跳舞。这是那个平时安稳慈祥不苟言笑的母亲吗？这是那个平日里围着厨房忙个不停的母亲吗？今晚，母亲身上的红地碎花夹袄异常鲜亮，两鬓花白的齐耳短发随着音乐节奏在飘扬。今晚，我看到了一个全新的母亲，一个身心全然放松的母亲，一个充满诗意的母亲。

说实在的，在拉着母亲手的那一刻，我的眼眶有些发热，我真的想对母亲说，儿子真的不够关心您，只知道给您日常所需，极少关注过您的内心，即便是关心，也是围绕着儿女亲情之类，几乎把您自身的内在需求给忘了；我真的想对母亲说，儿子错了，不该到了您快七十岁了才让您第一次进 KTV，可又何止是 KTV 呢？您能去的，儿子该请您去的，有太多太多的所在，可以让您操劳了几十年的身心得到舒展与栖息。母亲啊，请您原谅这么多年来我不应该的疏忽。

母亲坚持到十点左右，提出先回去了。这对她来说，已实属破天荒。此刻，我是极想陪母亲回的，想把心里的话说给母亲听。可，我知道，母亲是断然不会同意我离开的，生怕我离开会影响其他人的情绪，尤其是她的宝贝孙女。她要让孙女开开心心地过好在家的这几天。

曲终人散。从 KTV 回来时近凌晨，妻劝我快些睡，可我睡意全无。这些天，于丹女士正在讲"《论语》感悟"，白天我碰巧听她谈"孝道"，当她讲到人生有一种无奈，叫"子欲养而亲不待"时就有些感触，不想，今晚让我生平头一次见到母亲跳舞，更是有如打翻了五味瓶。我的头脑里反反复复在问自己，作为儿子你做得咋样，我们究竟该怎样做儿子？

那河边的小屋

潺潺的河水，穿村而过，河边生长着许许多多的杂树，参差错落的样子。绿树掩映中，村舍多半沿河岸而筑。这样的情形，在我早年生活过的家乡一带并不鲜见。现如今，这样的情境，倒时常出现在我的梦里。只不过，梦里总少不了，那河边的小屋。

其实，那是乡间极常见的小屋，当地人称之为"丁头府"。矮矮的屋墙，土坯垒砌而成；稻草盖顶（有麦草时，也会插换麦草，因为麦草空心爽水快），呈"人"字状；屋不高，大人多半伸手便能够到屋檐；屋也不大，总共两小间。口边一间，砌个锅腔子（与通常农户家灶有所不同，烟囱钻墙而出），放张小桌子（极小，跟个大杌子差不多），两三张"小爬爬凳"，是个生火做饭、吃饭的地方。里边一间，搁张床，床边有只小柜子，上置煤油灯；床对面放着两只木箱子，用碎砖头垫了箱底。箱里自然放衣物的，垫了之后防潮。小屋只一个门，从顶头开，门敞开时一眼望到里。怕这也是乡民们叫小屋"丁头府"的缘故吧。

小屋坐北朝南。屋前有一小块空地，较为平坦。再往南，生长着众

117

多的杂树，有楝树、榆树、杨树之类，树林间有条弯弯的小路，通进村子，自然也通往其他人家。屋后便是一条小河，身在小屋听得清河水的"哗哗"声响，小屋靠河近呢。屋后生长着一片芦苇，碧绿的苇叶，肥大的苇秆，挺繁茂的样子。紧挨着便是一处水桩码头，杂树棒子做的，供人浆洗之用。

这间小屋里，生活着我的外婆。这间小屋里，有我童年美好的记忆。这间小屋，留给我太多的无奈，无尽的悔恨。

我是十一岁时到邻村读五年级的。其时，村上只有三个人读五年级，够不成一个班，只得到邻村去。这样一来，有一个好处，我不用天天回家，可以住在外婆那里。因为外婆家正在我家和要去的学校中间，住在她家省好多路呢。碰到刮风下雨，自然少受风吹雨淋之苦。

对于我住到外婆家，外婆很是高兴，"总算有人和我说说话了"。尽管外婆生有四男四女（严格说是五男，我还有个没见过的老舅，很早夭折了），都分开单过了，有的还不在本地。平日里，只有她一人生活在小屋里。我去了，上学前，放学后，和她在一起，她能不开心嘛。听母亲说，我是外婆带大的呢。母亲生我时年轻了一些，给穿小孩衣服都不敢，加之奶水又少，便把我交给了外婆。难怪外婆特别疼我这个小外孙子呢。

在我的记忆里，外婆总是穿着黑褂子、灰裤子、黑布鞋，头顶素净花纹的头巾，一身干干净净，很是干练。我顶佩服外婆"吃麻纱"的本事了。一到夏天，外婆总在小屋的树荫底下"吃麻纱"。把从田里麻秆上剥下来的皮，用水浸泡一定时辰后，将其剔成麻丝，再将麻丝一丝一丝连接起来，便成了麻线。这麻线便能上织布机，织成麻布了。这丝丝相连的过程，不仅手里得有技巧，还要将丝在嘴里过一遭，这便是乡民们所说的"吃"了。这里头，"吃"的技巧神奇极了，纯属民间绝艺。那时节，麻纱派用场可多啦，家中做蚊帐，女人做夏布褂子，均靠麻纱织布来做。这麻纱织成的布，挺括，透气。

118

外婆"吃麻纱"时，我总忍不住往她嘴里看。只见她从身边水盆里拿出麻皮，放在腿上，用手指剔开，然后一缕接一缕，手指在接头处轻轻一捻，几乎是同时将捻好的麻丝在嘴边一过，原本一缕一缕的麻丝成了麻线，顺顺地堆在身子另一边的小扁子里。"吃"好的麻线，还得绕成一个一个的团儿。外婆不仅"吃"的技术好，绕团儿也很有一手。她绕出的团儿，个头一般大，上秤盘一等，几两一个团，其他不用再称，数数个数，斤两就出来了。这到织布师傅那儿验过好多回，准得很。不仅如此，外婆绕的团儿，还是空心的。那细细的丝线，绕成空心，难。外婆告诉我，刚"吃"好的麻纱，绕成空心好让它晾干。"那不会放到太阳底下晒？"我觉得外婆这样做太为难自己。外婆一听我的话就笑了，"呆扣伙（扣伙是我的乳名，外婆给起的），麻纱娇得很，一晒就脆，一脆就断，就织不成布了"。我似乎听懂了外婆的话，但终究没看清她嘴里的"名堂"。

外婆"吃"一夏麻纱，能织好多布的。于是，不仅她床上的蚊帐是用她"吃"的麻纱织的，我家床上的蚊帐也是。她和母亲身上穿的夏布褂子，同样是用她"吃"的麻纱做的。说来好笑，外婆曾经送给母亲好几匹夏布，说是留给我结婚做蚊帐用。我那时离结婚还早着呢，亏她老人家想得出。

和外婆住在一起，上学前，我都会跟她说一声："婆奶奶（我们那儿叫外婆，均叫婆奶奶。让我改口叫外婆，是在外读了许多年书之后），我上学去啦。"外婆有时在她的小屋里忙自己的事，在里边应一声，"去吧，一放学就家来呀"。有时会走出她的小屋，帮我整整书包，理理衣角，问一问上学用的东西带齐了没有，叮嘱道："上课要听讲，不要和其他细小的打闹。回家的路上不准玩水，要记得啊。""嗯。"我朝外婆点点头。我们那里每年夏天都要死个把小孩子，多半因溺水而死。外婆的嘱咐，我自然认真听的。

有时放学回来，人没到，我大老远就会喊起来："婆奶奶，我放学啦。"外婆高兴得跟得到什么宝贝似的，立在小屋门口，一边从我身上拿下书包，一边笑眯眯地说："我家大学生家来啦，快快，有好吃的等着你这个小馋猫呢。"这时，外婆便会从锅里端出焐着的蛋茶。喝着放了红糖的蛋茶汤，甜津津的，咬着嫩滑的鸡蛋，那幸福劲儿就别提了。尽管这样的待遇并不常有，因为外婆家就喂养了一只宝贝芦花母鸡，生的蛋平日里多半送到村上代销店里，换些日常用的火柴、盐、酱油之类，她老人家是舍不得吃的。每每我吃着外婆给煮的蛋茶时，都会在心底暗暗发誓：将来工作了，第一个月的工资一定交给外婆，一定要给外婆买好多好吃的，给她买她从来没吃过的好东西。

　　可是，外婆没等到我给她第一个月工资，在我离开家去外地刚读了一年书，就离开了人世。

　　到现在我都清楚地记得，当我高高兴兴回到家中，盼望着能和心爱的外婆相聚，母亲却噙着泪水，给我戴上了一顶白布帽子，父亲也在家神柜前点燃了纸钱。"孩子，给你婆奶奶磕个头吧！""什么？爸妈，你们说什么？"我被这突如其来的噩耗惊呆了。"你婆奶奶去世了。"父亲一字一顿地告诉我。"外婆，我要见外婆——"我一下子瘫倒在地，失声痛哭。

　　母亲告诉我，外婆是被活活烧死在那个小屋里的。本来，外婆有一阵子身体不好，在母亲照料下，已好转了。因为连续在外婆这边，母亲不放心家中几个孩子，抽空回去看一下。可哪晓得母亲这一离开，外婆身边竟没有一人照应。几个舅舅虽和外婆同村住着，但隔屋隔舍的，外婆自认身体好了，不肯到舅舅家住。事情偏偏在母亲离开的这一夜发生了。半夜里，几个舅舅听到屋外有"哔哔剥剥"竹子的炸裂声，不放心起身看时，发现外婆的小屋已成了一片火海。一大家几十口都惊动了，拼命施救。可在小屋里怎么也找不到外婆，等火扑灭了，才在屋门口发现被烧蜷成一团的老人。此刻，那残存的屋门上赫然悬着一把铁锁。

听着母亲的诉说，我欲哭无泪。母亲早就泪流满面，泣不成声。我的心中却充满悲愤。我恨，真的恨，恨那无情的铁锁，恨上苍为何如此不公，恨那些不肖子孙，恨自己的无能。

外婆的离开，结束了她有如收割时遗漏一粒稻麦一样不为人注意的一生。可在我这里，却是收获时节遇到了天大的灾难。

"外婆，你上哪儿去啊？带我去吧。"身着黑衣灰裤，挎一只半新竹篮子的外婆，从我身边蹒跚而过，一句话没说。我拼命喊她，拽她。直至哭出声来，才知道，我又做梦了。

尘世间，再也没有疼爱我的外婆了。那河边，再也没有外婆的小屋了。外婆和她的小屋永远留在了我的梦里。

我家有女初长成

　　真的记不得何时梦见过女儿的了。人到中年，原本梦就少了。加之女儿无论是在家中，还是在外读书，一直过着衣食无忧的生活，自我应付能力尚可，也没什么叫我这个当父亲的烦心，自然就没那么牵肠挂肚了。

　　不想，前些天夜里竟无端地梦见了女儿，且梦见的是她婴儿时的情形。小家伙乖巧地睡在我身旁，样子可爱极了。我侧身看着她，内心从未有过的幸福与满足。就在我陶醉于天伦之乐之中，小家伙一挥手，碰到我的脸上，梦醒了。

　　看着身旁熟睡的妻子，不忍打搅她，只得复躺下，静静想着刚才的梦，想着梦中女儿的样子。我至今都记得，小家伙刚出生时第一次见到她的样子。她真的比一般人家的小孩好看，这绝不是我这个当父亲的偏心。第一眼看到她，脸大大的，快赶上人家满月的孩子了。面色也不像多数婴儿那般红红的，而是粉嘟嘟的，干净得很，清爽得很。一双眼睛大大的，虽然闭着，也是十分地好看。说实在的，第一次从护士手里接过襁褓中的女儿，心头一热，一股暖流遍及全身，真是从未有过的、非

122

常非常特别的感觉。这才意识到，我有女儿了，我当父亲了。

女儿到家的第一夜，我是整整抱了一夜，一刻都没放手。为这事，妻子没少笑话我。说我这个父亲是三分钟热度，后来几夜女儿再哭，自己也能呼呼大睡。妻子的话，我自然不好反驳。不过，我对女儿绝非三分钟热度。比方说，为了让女儿早点建立对音乐的兴趣，我是一有时间就让她听些我专门为她买的世界名曲（婴儿版）。只是她听名曲比较特别，被包裹好了，和录音机一起放在家中的高低橱上，包裹里的她与录音机自然有一小段距离的。如此进行女儿的早期教育，也算是我的独创了。一家人每每见到这情形，都要上前逗逗女儿，说些"你爸爸想让你成才都快想疯了"之类的话。可小家伙还是蛮给面子的，在录音机旁从不哭闹，有时原本啼哭的，音乐一打开，把她往录音机旁一放，立马安静下来。每到这时，我便特有成就感。

为女儿学音乐，我的努力远不止这些。当她长到四五岁时，我曾送她去学习电子琴。为了能让她快速掌握那些练习曲，往往是我自己按老师的要求，先弹熟了，回家再手把手地教女儿。这样坚持了几年，最终还是放弃了。因为一到上学的年龄，功课压得孩子喘不过气来，哪还忍心让她再在功课之外花费时间。我是主张小孩要有一个快乐童年的。其时，我还是一名中学教师，对现行教育多多少少有些自己的看法。

俗语说，有心栽花花不开，无心插柳柳成荫。我想方设法为女儿在音乐上所做的努力，收效甚微。而她进入中学之后，作文竟有些长进。女儿读初中一年级时，上海搞了个全国中小学生"绿色环保"作文大赛，她依着家中前阳台那些花花草草生长的情形，写了篇《爷爷和他的空中花圃》，不仅在上海《青年报》发表了，还拿了个初中组的一等奖，着实让我为她高兴了好一阵子。读初三那年，她还把那年高考作文题试着写成了一篇散文——《雨中的烛灯》，被《泰州日报》副刊编辑视为成人作品予以刊发。事后，那位友人不止一次跟我说过，发女儿的文章，并非因为我的关系，而是她的文章确有深度。许是因为得到这样的肯定，女儿在高考前断断续续也发表了十几篇习作。一段时间，她写出的十几篇有关朱自清等名家的读书笔记，用语老到，提炼准确，让我着实吃惊。

就在我以为女儿能在为文方面步我后尘、有所建树时，她似乎并不在乎写出几篇文章来。每每我提及此事，她似乎提不起兴致。说来也是，现在读大三的她，更多地在考虑自己未来的学业、工作，也在情理之中。这些，偶或从她的一些留言中也感受得到。她告诫自己要努力完成学业，不要让父母担心，毕竟父母终会老去，今后的路要靠自己走的。看来，那个裹在包裹里放在录音机旁听音乐的小家伙渐渐长大了，有自己的心思了，懂得为父母分担了。

"你还是想女儿啦。"我把梦见女儿小时候的情形告诉妻子后，妻子笑着对我说。很快妻子就跟女儿建立了网络视频。平日里，多是妻子和女儿视频对话，这刻我竟有些控制不住自己。当我看到女儿在宿舍里挂着的回家倒计时日历时，心底酸酸的。一转眼，女儿离开家只身去新西兰读书，已大半年了。这是她长这么大，第一次离家时间这么长，且离家这么远。她能不想家吗？

流动的日子

　　老妇人看上去年近六十了，脚蹬着三个轮子的餐车，缓缓地沿街而行，边行边叫卖着："面条、馄饨啦——""面条、馄饨啦——"

　　初冬的清晨，天气有些冷，路上的行人口中时不时地吐出白白的热气，听到叫卖声，于是三三两两停下脚步，拢到老妇人的餐车前，或要一碗馄饨，或下一碗面条。见有客来，老妇人自然开心，脸上露着笑意，从骑着的三轮餐车座子上下来，将餐车在路边停稳当，伸手从餐车旁侧取下几张小凳子，招呼客人坐下，同时忙碌着从餐车前操作台上取面条或馄饨，往冒着热气的锅里放。这面条、馄饨是先前准备好了的，装在各自的器皿里；一口烧木炭的小锅，锅里的水一直烧得开开的，为的是随叫随下（下面条，下馄饨，在我老家都这般叫，少有人说"煮"），不耽误工夫。看得出，老妇人这餐车是用一辆平板车改装的，操作台前端置有木质小厨，里边装有碗筷、各式佐料及包好的馄饨、桶装的面条（我们那儿叫桶儿面，现在手擀面十分吃香，桶儿面极少见了）；中间置有水桶和一口小锅，水桶有两只，一只存清水一只用来洗碗筷，一口锅自然是下馄饨、面条用的，因烧的是木炭，灰少就不用储灰的东西了，实在是炉膛满了，用铁钎子掏一掏，垃圾只好留在路边了。这锅也不是老这么烧得沸沸的，有炉盖子控制火势。木炭是要钱买的，小本生意哪能不精打细算呢。

想来，还是天气有些冷的缘故，来客少有坐下来的，多半围了老妇人的操作台，捧了一碗馄饨或面条，三下五除二，极快地将馄饨、面条赶到肚子里，身子暖和了许多，拔脚开路，或上班，或办自己的事去。每每这当口，老妇人边收空碗边收钱，微笑着和客人打招呼，说些"吃好没有啊""走好走好"之类的客气话。偶或有熟识的，便会多拉几句家常。之后，再蹬着餐车缓缓前行，边行边叫喊着："面条、馄饨啦——""面条、馄饨啦——"

望着穿了黑色衣裳的老妇人慢慢离去的背影，我心里不禁在想：这便是她的日子了，不知她姓甚名谁、家住哪里，也不知她家中还有什么人，境况如何。这么无端地想着，又有推了板车的老伯从身边经过。"药芹、青菜、红萝卜卖呃——""药芹、青菜、红萝卜卖呃——"叫卖声洪亮有力，看得出这位老伯身子骨硬朗得很呢。我心里正为刚才没有买老妇人一碗面条或馄饨而有些懊恼，于是毫不犹豫地叫住了老伯，买了些青菜、红萝卜。提着青菜、红萝卜往父母亲的住处走着，心中又想这老妇人和老伯他们的日子未必就不开心。

这一场景存在我脑海里一年有余了，转眼又到了辞旧迎新的日子，再过两三天便是新年春节了。我是和父母亲说好了，今年要回老家过除夕的。好多年了，都是过了年初一才回去看望一下二老。在我心里，那不能算是和他们真正在一起过年。我自己也说不清，是因为想到了快要回老家了，快要回去和父母团聚了，脑子里竟出现这许久以前的画面。这老妇人、老伯他们一年来生活得好吗？

有些事情倒是让我对他们的生存境遇心生感叹。这一年中，父母亲曾在我身边住过一阵子，劳作了一辈子的二老，虽说都是六七十岁的人了，一到我这里还要承担所有的家务。每天早晨将早饭做好了，出门买菜，我和妻子起床吃早饭时，二老早将中午的菜买回来了。我心有不舍，多次劝他们不必如此辛劳，他们满不在乎，说是这点活儿权当是锻炼身子。既然如此，我也就不再多说什么。可，我发现他们二老越起越早，有时五点不到就起来了。我便问是何原因，父母亲说是为了到小区对面买菜。原来父母亲从来不到小区菜场买菜的，而是到小区对面路边流动摊贩那里买。父母亲说这些挑担子、推板车的，菜不仅便宜，而且新鲜，比小区菜场里要好。可这些天城管的人总是来赶，碰到态度不好的，把人家菜篮子踢得翻翻的。后来好说歹说，才答应六点之前必须撤摊，这不他们只得越起越早了，不早买不到便宜新鲜的菜呢。我知道，这是市里要创建国家卫生城，市容市貌是不容忽视的。只是苦了那些流动的摊贩，也苦了我的双亲。想想我偶遇的那老妇人、老伯，不知道老家的那些流动的摊贩们日子会不会好些？整日被人追着赶着，整日东躲西藏的，生意没法做，日子能好吗，心中又怎么能开心呢？

在我的记忆里，故乡对于这流动的摊贩们倒是蛮善良的。我在新近完成的长篇小说《香河》里有过实景描述，不妨摘录一节：

兴化县城北郊建了汽车站，往东，可到安丰、大邹、盐城一带；往南，直下红星、河口、高邮、扬州等地。车来车往，人来客去。站上蛮热闹的。站前空场上，卖香蕉、苹果、橘子的，推了木板小车，插着尖尖的木牌，上写"进口香蕉每斤一元八角"，"国光苹果每斤一元"，"黄岩蜜橘每斤一元二角"。毕竟是变了，香蕉之类也讲究进口的了。卖油条、蒸饭、豆浆的，搭成了活动的小摊儿。摊主们操一口土话，不住气地吆喝："嗳，鲜浆热油条吃咯——""蒸饭包油条，一买就走，不误赶车啊！"想来是摊主们日复一日不停吆喝的缘故，那吆喝声，蛮娴熟、蛮悠扬的，有点儿像唱当地的小唱儿（地方小调的意思），很是吸引外地的来人。卖面条、水饺、客饭的，则有个固定的所在，傍着站北的一面墙，摆鸽笼似的，砌成一间一间的门面。白铁皮敲打成的招牌，挂在店前立柱上，亮晃晃的。

今日供应鱼汤面每碗八毛。

今日供应两菜一汤客饭每客一块五。

今供应鲜肉水饺每碗一块。

这买卖，不按斤两，论碗。即便是客饭，实质也是每客一碗，饭菜合一。说"两菜一汤"，并非真烧两个菜、一个汤给你。"两菜一汤"是说品种，不是数量。店主们是不收粮票的。南来北往的，各地粮票，在兴化城里没得办法用。这些店主，或许一辈子出不了巴掌大的县城。站前的买卖人中，真正兴化城里的极少，以临城一带的农民居多。每日里，车站前吵吵嚷嚷的，为个鸡毛蒜皮的小事争执起来，纠缠不清的事也不是没有。到时候，自然会有人来调停，劝解，平息了争执，各走各的路，各干各的事去。

那时的长途汽车站前确实是个流动摊贩集中地。可当你置身其中，竟是那么亲切，那么融洽，偶或会有点乱，也会有点小摩擦，但终究挡不住这站前荡漾出来的其乐融融的氛围。要是用个时兴的词来说，我从那里看到了两个字：和谐。

不过，这些如今早已不复存在了。我写的是二十几年前的情形，家乡那座车站前早就不是我写的那样了。那些过着流动日子的老妇人、老伯们会比二十几前的同行们生活得好些、开心些吗？我真的不得而知。

细想起来，忙碌地穿梭于写字楼之间、飞来飞去于城市之间的我们又何尝不是过着流动的日子呢，只是这样的流动久了之后，会给人飘忽的感觉，有人甚至忘了自己的根。而在我脑海里挥之不去的老妇人、老伯就不一样了，他们终日脚踩在厚实的地上，迈步坚实而有力，再怎么流动总记得归家的路的。至于对我们当中的有些人，恐怕就难说了。

忙　年

　　一进入腊月，爸妈就在我跟前多次提起在老家的几个妹妹来电话询问过年的事。我是懂得爸妈的意思的，以前差不多也是这个时候，爸妈都会主动提出要回老家去的。二老回老家收拾收拾，忙过一阵子，我和妻儿就好回去，跟一大家子一起开开心心地过上团圆年了。这是二老所希望的，接下来的几天，他俩再忙也高兴。孙辈中，有一男三女，总是缠绕在他俩身边，忙是帮不上什么的，只是看着满院蹦蹦跳跳的孩子们，二老忙碌得更开心，更有劲了。

　　二〇〇八年的年是否回老家过，爸妈之所以没有直接定，而是和我商量，是因为女儿春节期间要去新西兰念书。在我们这样的寻常人家，这可是件大事。女儿留在家里的时间只能用天来计了，回老家去虽然可以跟几个姑姑及其家人团聚，但跟外公外婆就分开了。只是临行前再来和外公外婆辞别的话，无论如何是不可以的。这一点，想来爸爸妈妈已经考虑到了。所谓感同身受，外公外婆的心情，和他们做爷爷奶奶的心情是一样的。

细细想来，因为我来泰工作，岳父岳母随之定居也有十多年了。这十多年间，我和妻儿要么和父母回老家过年，要么和岳父岳母回他们的老家过年，还从没有让四位老人在一起过过年呢。老家的三个妹妹，也从没有到我这哥哥家过过年呢。于是，我和妻子一商量，今年就哪儿也不去，请四老和三个妹妹一起，在泰州过年。决定一出，全家人都忙开了。爸妈先是忙着打电话，让老家的三个妹妹准备来泰州过年，吩咐她们腌些咸鸡、灌些香肠之类，趁着腊月挂到屋檐下让腊风吹，过年时上桌才好吃。妹妹们接到指令自然有一阵子要忙的。妻子和女儿忙着逛商场，说是早备些糖果糕点瓜子小食，省得到时候手忙脚乱，准备其他东西时把这些零零碎碎的小玩意儿给忘了。想想也是，一下子要增加十几人，光吃的要忙的就少不了。

　　一日，我下班回来，发现客厅茶几上多了几张大红烫金的福字，以为是妻子从单位带回来的，就笑问她，这福字拿回来是否早了些。我所在的单位正在做一个"春节送福"的策划，想着到时拿些福字回来的，不想她还是抢在我前面了。见我问，妻则说福字不是她拿回来的，父亲在一旁笑道："今年家里来的人多，多贴几张福字喜庆一些，楼下银行我常存钱取钱，有些熟识，跟人家要了几张。"父亲是极少向人家开口的，我转而对父亲说："还别说，多了几张福字，家里真的有些年味了。"

　　就在我们全家人忙上忙下、紧急行动起来的当口，这老天爷似乎有些不近人情，竟然一连几天漫天飞雪。白花花的楼顶，白花花的街树，白花花的田野，惹得女儿拍照的兴致大发，拖着外公满雪地跑，说是要拍几张雪景照带到国外去，想家的时候也好拿出来看看。女儿是有了意外的收获，这下可苦了在家里收拾的爸妈和妻子了。一个一个窗帘要摘下来洗，一扇一扇门窗要擦拭，里里外外，要干的事多着呢。怎么办，电视里那个漂亮女主播说，接下来还要有更大的雪，天要好起来还早着呢。于是，老父亲只得冒着大雪擦拭着冰冷的窗户，尽管用的是妻子从商场买回来的专门用具。我劝过多次，让爸妈洗刷时用些热水，天实在是太冷了，都挂冰凌了。可每次见他们劳作，都一如往常用冷水。都是六七十岁的人了，为了省点热水，冻坏了自己可不是小事。然，我的劝说一直没被采纳。时近岁尾，我这里事乱如麻，单每天陪客户应酬就让爸妈很心疼的了，想要插手干点什么，被二老推得远远的。

一连几天忙下来，"年"总算有些眉目了。家中该洗的洗了，该擦的擦了，该备的备了。母亲又在盘算，妹妹们来了如何安顿，年夜饭是在家里吃，还是到酒店去。我劝她老人家别操心，儿子都考虑好了，并且做了适当的安排。谁知她又心疼起来，这年过下来，要花不少钱吧？毕竟老人家是从苦日子过过来的，知道儿子只是个拿工资的，不是什么老板大款。我只得劝慰母亲，十多年就这一一回，为女儿出国一大家子聚在一起热闹热闹，花点钱，值。

对这个年最期盼的要数女儿了，妻子忙着为她买了几件时装，她高兴得一一在我面前呈现，尽管我看不出有什么特别的，知道她很喜欢，也就不便多说了。没几天都要走了，就让她开开心心的吧，我心里对自己说。

关于女生

就在春节前的两天，我竟碰到了中学时的一个同学，一个出了学校再也没碰过面的同学，一个女同学。那是一个下午，我在朋友那儿办点事，有人进门。朋友便对我说，来了你的老乡。我并没在意，继续和友人交谈。可当来人进得门之后，我们几乎是同时认出了对方，从她娇小的身材、熟识的面容，我认出了她是我中学时的同学，但实在惭愧，确切的姓名已记不起来了。她几乎是脱口而出："大班长！"真是岁月匆匆啊，屈指算来，我们分别已有二十多年了。

二十多年前，我还是家乡一所城郊中学的中学生。与现在的中学生不同，那时的毛头小伙子和大姑娘们，很少有这个恋那个恋的。其时，是恢复高考的第二年，学校里以农村来的孩子为多，大家的注意力都在高考上呢。至今还记得语文老师在课堂上留给我们的发问："你们是想穿皮鞋呢，还是想继续穿草鞋？"很显然，高考这一关过了，进了大学门，自然就可以穿皮鞋了，反之，则继续穿自己的草鞋。于是乎，整个班上，"两耳不闻窗外事，一心只读圣贤书"者居多，极少风流少年。男生和女生之间，几乎是不说话的。这在现在的中学生看来是何等可笑，而在当时，的确是这样。就连我这个一班之长，也极少跟女生说话，除非班级有什么活动，要跟女班干商量。不管怎么说，在那时我们还都是孩子，孩子的天性时不时地流露出来。记得有一次，几个男生对某个女生一下课就围着老师问这问那，几乎把老师当成了她的"私有财产"有意见，于是出主意让其出一回洋相。有人见那女生快进教室门时，将沾满灰尘的扫帚搁在教室门的上方，那位女生推门进来，沾满灰尘的扫帚便随着门开而掉在她的头上。原来一向干净可人、面容姣好的"白雪公主"，一下子成了"大灰狼"了。此事一出，女生向老师告状是肯定的。班主任老师便将调查之重任交到我这个班长头上。尽管是左右为难，但师命不可违也。终于，我落得个吃力不讨好，男生、女生两边都不满意。这不明摆着嘛，男生怨我不够哥们，把他们几个给抖了出来；女生则愤愤不平，说我偏袒自己的哥们儿，没有替她主持公道。

好在此类事情只有偶尔发生。现在想来，我们那一班同学，不论是男生，还是女生，在学习上都是非常刻苦的。在我记忆里，印象最深的是冬天。清晨起来，连洗脸的温水都没有。学校的伙房外，自来水龙头早冻实了。只好到河边码头上，敲开冰冻，用冰水洗脸。你别看，平时那些颇娇气的小女生，此刻竟和男生一样，于冰水而不惧，真让我们这些毛头小伙子从内心敬佩几分。大家心里都清楚着呢，那大学的门，是那么容易进的吗？要不，哪有什么"十年寒窗苦"呢！

两年的高中生活，很快就过去了。有的考上某个大学，有的回到了自己的老家，有的则走进了军营……总之，每个人为了生活，都有着自己要做的一份事情，各干各的去了。我在外地读书时，曾有老师给我写过一封信，说，面对那曾经熙熙攘攘的教室，一下子变得百般沉寂，心中真不是个滋味。说，他又一次看到了空巢。是啊，我们这群离巢的小鸟，从此飞向了各自的蓝天，与老师联系少了，与同学联系少了。正如一首歌里唱的："多少脸孔，茫然随波逐流，他们在追寻什么？为了生活，人们四处奔波，却在命运中交错……"

一个偶然的机遇，令我想起了二十多年前的一些往事。那一群整天围着老师问这问那的女生呢，那一群离开课堂便叽叽喳喳的女生呢……如今，都在哪儿，生活得好吗？

秋湖飞絮

　　至今，尚不能完整地诉说你的前世今生，但我的内心无疑多了一份魂牵梦萦。

　　请原谅我的来迟，没有在红旗飘飘的火红岁月造访，那该是怎样的激情燃烧，青春激昂；亦没能亲身感受一粒粒种子在这片丰饶的土地上茁壮成长，那该是一种怎样的力量，充满着坚韧与顽强。

　　我的记忆走不进古老的农耕文明。原本该亲近的土地上，一天一天在上演着荒凉与悲伤。每年要有多少年轻的生命个体几乎是在逃离，每年又有多少乡亲远离故土，背起了沉重的行囊。他们放弃了自己原本堂堂正正的身份，获得了一个在中国独有的称谓——"农民工"。我无法言说被放弃了的土地所承载的那份痛与伤，亦无法言说有了特别称谓之后的人们为了心中的梦想，收获的究竟是希望还是忧伤。我们再也不能被称为大地之子，我们的脚下太少地气。远离了土地上那份沉重而辛苦的劳作，我们并没有获得想要的轻松与自由，似乎只是放空了自己。

　　走不进古老的农耕文明，自然是种遗憾。然而，阅读让我对这种遗憾稍有弥补。我要感谢一个名叫胡石言的外乡人。他三十多年前的一个短篇创作，让我知道了一个叫作"秋雪湖"的地方。这个诗意的地方，萌动着的青春与情爱，于美好中散发出淡淡的忧伤，一如秋天满湖的飞絮。

我不知道，自己是否是带着这种情绪走进秋雪湖的。在细雨霏霏的春日，在薄雾弥漫的秋天，在雪花轻舞的冬季，在秋雪湖一个叫花博园的所在，亲耳聆听一个拥有"诺奖"光环的、名叫勒克莱齐奥的法国作家畅谈文学与人生，让我们和他一起感受他的生命之旅、文学之旅；与在世界华语诗坛素有"诗魔"之称的洛夫先生有了朝夕相处的日子，轻吟"因为风的缘故"，体味他的广博与深邃，温厚与平和；与叶辛、何建明、范小青、苏童、毕飞宇、阎晶明、张颐武、王干、费振钟、汪政、鲁敏……一大批驰骋当今中国文坛的风云人物沟通交流，在秋雪湖的风云际会，孕育诞生了"里下河文学流派"一个全新的命题，并就此展开深度研讨，让以汪曾祺、毕飞宇为代表的里下河作家群体，以一个全新的视角出现于中国文坛。

我自然是记住了秋雪湖畔那一幢小楼，一幢原本极其普通的二层小楼，因"文学"二字而大师云集，高朋满座，熠熠生辉。由此，它有了一个响亮的名字：秋雪湖国际写作中心。我记住了中心楼下，那片开阔地上盛开的郁金香，浓郁的色彩，缤纷着每一个游人的梦，亦装点着里下河文学之梦。又何止是郁金香呢，还有那紫成天边云朵般的薰衣草，撩人思绪，让我想起她的故乡——那里的薰衣草真是繁茂，几乎是漫山遍野了。

难忘的还是那轻盈的飞絮。当你情不自禁地摇曳那生长在水边的芦苇时，便可见灰白色的芦絮，悠然飞起，飘荡着，轻漾着，扩散开来，似一个个的精灵，有了灵气，有了生命。渐飘渐远的且不去说她，如若沾到身上，则怕是要来个零距离的亲密接触了，你们俩轻易是分不开的了。有一番交集之后，你再放行她，一个飘飘悠悠的小生灵，似乎触碰到了内心深处的某个点，思绪便随之远去矣。

我想，秋雪湖注定要留在我生命的记忆里了。

我的二〇〇六

　　金猪送福之声渐渐远去，我度过平和的二〇〇七年春节长假之后，开始了一如往常的工作。不时会收到一些读者关于《香河》的来信，偶尔也会有编辑的约稿函。前些天，刚给深圳的一位朋友寄去一册《香河》。他告诉我说，是我的同乡，在外十几年了，从网上看到《香河》，很是喜欢，问能否得到我签名的《香河》。这样的要求，让人无法拒绝。又有河南省一位读者，说是自《人民日报》刊发了《香河》研讨会的消息和有关专家的评论之后，他就在省内多家书店打听是否有《香河》出售，回答总是让他失望，于是乎在来信中夹了三十元钱，让我无论如何寄本书给他，也好让他早日读到《香河》。这样的一些读者、朋友，让我从内心感到一种温暖，让我觉得刚刚过去的一年变得非常有意义，让我有些留恋，有些不舍。

　　二〇〇六年二月，我的长篇小说《香河》被列入江苏作家文丛，并由人民日报出版社出版。著名作家赵本夫为此书写了《生活就是苦中作乐》的序言，他在序言中这样写道："多水的兴化养育了兴化才子们出色的领悟力。他们在兴化这块土地上生活和写作，兴化人的生活，其实也是中国人的生活。他们为我们再造了一个文学的兴化，其实也是为我们再造了一个文学的中国。有时候，我真想到施耐庵郑板桥的兴化去看一看。最近，作家刘仁前的长篇小说《香河》带我完成了兴化之旅。掩卷之余，多水的兴化愈在我的面前生动起来，那些生活在香河的男男女女，他们活得很沉重，又活得很快乐，用一个词语来概括的话，那就是苦中作乐。"他认为，《香河》是一部里下河兴化版的《边城》。

《香河》能得到本夫先生如此高的评价，是我没有想到的。而创作《香河》所用时日之短，创作顺而又顺，亦是我没有想到的。和多数写作者一样，我也是习惯于电脑写作的。创作《香河》的日子里，我是一只优盘随身带，上班先忙工作，稍有空隙便将优盘插上，敲打自己的文字。这中间自然会有人来谈公事，我便停止敲打料理事务，来人一走又继续作业。直至家中有人来电话催促："怎么还不回来吃饭？"我这才停下来，一看时间早过了十二点，下班时间自然过了，赶快关机回家。匆忙用餐完毕，便又将优盘插入家中电脑，继续《香河》里的悲欢离合。那段日子里，我没有上下班之分，没有白天黑夜之分。我可以随时随地进入到我所营造的时空里，与我的人物同欢笑，同忧伤，我忘掉了构思是怎么一回事，我所描绘的一切似乎早存于我心底，此刻通过指尖变成了文字而已。这期间，一张高靠背椅成了我的床，在电脑前敲打时间长了就闭一闭眼，睡醒了立即敲打。算起来，一天最多睡三四个小时吧。说来奇怪，人却一点不觉得困，不觉得累。我清楚地知道，自己处于极度亢奋的状态。《香河》让我的创作进入了一种进出自如的境地，这是自二十世纪八十年代中期学习写作以来极少见的。我可以无障碍地从《香河》所描写的二十世纪六七十年代走出来，回到现实中处理日常的各种杂务，又可以极其自如地随时进入小说与我的人物对话。我深切地感到以前文艺理论课上，老师讲的人物带着作者走是怎样一种情形了。大量的事先没有任何设计的场景、画面出现了，人物的命运走向脱离了我的掌控。有一个细节，我不得不说。读过《香河》的读者朋友一定能感受到我叙述语速的缓慢、平和，说实在的，这是我有意为之的。这与我在小说的一开头，就给读者展现出苏北里下河芦苇荡开阔的大场景是非常吻合的。但细心的读者朋友会发现，《香河》里边大量的人物独白节奏极其快，人物内心的波澜清晰可见。我在实际写作过程中敲打这些人物对白时，我打字的速度远跟不上人物叙说的速度，前一句没打好，后一句就来了。这些对白没一句是我事前想到的。并不是我打字速度不快，我已敲打得连手腕上带的腕表都感到太重了，不得不拿下来。我从这样的创作状态中获得了一种满足，前所未有的精神上、情感上的满足，创作体验上的满足。当我敲打完《香河》最后一个字时，时间是二〇〇五年十二月十五日，距离我动手创作正好整整四十天。回过头来一算，在这四十天里，我边工作边创作，每天要敲打出八千字。而我刚动笔时给自己的计划是，用一年半的时间，写出二十五万字左右。现在，只用了四十天，写出了三十二万字。我是无论如何也不曾这样想过。后来，我和同乡作家毕飞宇就他的《平原》和我的《香河》有过一次交谈，我们有一个共同点，在他人认为我们极度辛苦的状态下，我俩拿出各自作品的同时体重反而增加了。

二〇〇六年四月，《香河》在《泰州晚报》、泰州新闻网开始了为期半年的连载。六月，《香河》作品研讨会在我的家乡举行。来自北京、上海、南京等地的二十多位作家、评论家、电影导演，以及泰州、兴化的有关领导出席会议并发言，对这部全景式描绘里下河兴化民俗风情的长篇小说给予了高度评价。因《哺乳期的女人》和《玉米》而两次拿鲁迅文学奖的毕飞宇在研讨会上这样说："刘仁前自觉并努力地展示了地域文化的特色之美，《香河》奉上了他对故乡的深爱。在《香河》里，我看到了这片土地上那种生动的、温馨的，有时也让人痛心的特殊的区域文化，刘仁前以一个很低的姿态，把目光紧紧盯着脚下这个小地方，然后全面地、特征性地把它呈现出来，这种自觉和努力，值得尊重，值得学习。把地方特色、区域文化与现代文明有效地结合起来，我觉得这是我们需要努力的一个方向。"《文艺报》副总编辑、著名评论家张陵对小说中婚俗描写赞许有加："这部小说最华彩的乐章，应该是三对青年的婚礼，在这水乡水荡里划船，相互较劲，这是很独特的东西，非常有魅力，是我们在其他小说里没办法读到的，可以说这是一个高潮，写得非常棒。《香河》以散文的笔调、小说的结构透视了生活的质感，表现了作者丰富的生活积累，富于激情。"八一电影厂导演陈健则说出了他多年的愿望："我也是一个水乡的人，对水乡的文化还是比较了解的，多少回魂牵梦绕要回故乡，多少次信誓旦旦要拍水乡的影片。看了《香河》，我觉得把这部小说浓缩成一部电影，它是能长腿的，不仅在中国，而且能够走向世界。我很想在电影界刮一股苏北风，希望有机会能与刘仁前合作，把《香河》拍成一部电影，全面反映苏北，特别是里下河兴化的风土人情，让更多的人知道里下河、了解兴化。"

研讨会之后，《香河》引起了《人民日报》《解放日报》《文艺报》《文学报》《中华文学选刊》《江苏作家》、人民网、中国文学网、文新传媒网、东北网等众多报刊、网站、电台、电视台的关注，同年六月泰州人民广播电台《汤泓访谈》栏目就《香河》对我进行了两档专题访谈，六月二十九日《文学报》更以整版对我的创作及《香河》作了专题介绍。一时间，在我的家乡出现了具有相当影响的《香河》热，一些研究者开始关注兴化作家群的创作，尤其是对一年时间内在一个县的土地上出现了多部描写二十世纪兴化农村的长篇小说，表示出浓厚的兴趣。我这里，周围的朋友们纷纷告诉我，他们多数人拿了《香河》都是一夜之间通读完毕，激动之情溢于言表。还有朋友告诉我，他们读《香河》要读两遍，头一遍用普通话读，第二遍用兴化方言读。我听了自然开心，并不仅仅是因为我写出了一部大家喜欢的作品，而是我学习写作以来一直有一个梦想："用手中的笔告诉世人家乡的一切。"我感到《香河》让我朝着这一梦想迈出了一大步。

这期间，来自全国各地的读者来信，一封接一封。其中让我印象深刻的，是一封来自中国驻美大使馆的一等秘书方军先生的传真。方先生在传真中告诉我，他比我小一两岁，因母亲下放，他在兴化戴窑度过了孩提时一段美好时光，对里下河的情结随着年龄增长而愈来愈浓，在国外工作更是对那久远的水、柳树、田野、鸭群以及童年的玩伴……梦中萦绕，感怀惆怅。读《香河》长时间进入"角色"而走不出来。并说，《香河》是一口气读完的，真是一种享受。他曾说过年底回国休假时会和我联系，并说有可能相互之间见一面的，我倒是盼望着能彼此相见，一吐为快的，但转眼二〇〇六年已过，没能接到方先生的来电，这不能不说是个小小的遗憾了。

面对这些热心的朋友、热心的读者，我内心的温暖与感激是难以言说的。有了二〇〇六的温暖与感激，我会在文学的道路上好好走下去的；有了二〇〇六的温暖与感激，我会在人生的路途上迈步更加坚实而从容的。这一年，我因《香河》而精彩，因《香河》而拥有精彩的二〇〇六。

心地干净地活着

人活着，可以有多种状态：极其富有地活着，衣食无忧地活着，穷困潦倒地活着；纵情山水地活着，固守家园地活着，颠沛流离地活着；儿孙满堂地活着，夫妻相伴地活着，孤苦伶仃地活着；体魄健壮地活着，身有残疾地活着，病魔缠身地活着；幸福快乐地活着，烦恼惆怅地活着，无比痛苦地活着……

凡此种种，不胜枚举。我以为，人活着，物质财富的多寡不必强求，他人舒适惬意的工作不必忌妒，子孙后代的事更不必操心太多，唯自己可以做的是：保持一个好的心态。在我看来，一个人，若能做到心地干净地活着，便是着实了不起了。

心地干净，你就不会在物欲横流面前丧失自己。一个"贪"字，断送了多少人的前程。君不见，一个个贪赃枉法之徒被绳之以法，原本都身威显赫、权倾一方，只因在物质的诱惑面前不能自控，由心中不平（想想某某多么不如自己，凭什么就能如此富有，"二次分配"的理论便在头脑中出现），既而心存侥幸（如今拿的绝不止自己一个，他人拿得自己为何拿不得，不拿白不拿，惩治腐败吓吓胆小的罢了），于是乎，有一次就有两次三次 N 次，于是乎，由少至多而至巨，于是乎，起初还谨小慎微后来便明目张胆而至到处伸手，其结局可想而知也。一个人眼中只有"孔方兄"，拥有百万算有钱了吗？当他面对千万富翁时，不是依旧不值一提吗？！那么，拥有千万算有钱了吗？当他面对亿万富翁时，不是依旧骄傲不起来吗？！那，资产上亿算有钱了吗？可这个世界上拥有几十亿、几百亿的人也不在少数，甚至富可敌国也确有人在啊！其实，只要我们仔细想一想，人的物质需求是极其有限的，超出基本需求便属于奢侈。殷纣王和秦始皇是中国历史上两个极有知名度的帝王。殷纣王"以酒为池，悬肉为林"，但他自己只有一只普通的胃。秦始皇筑阿房宫，"东西五百步，南北五十丈"，但他自己只有五尺之躯。我们为何就不能想明白这一点呢？！心地干净地活着，保持对物质需求的一个常态，大可不必被"孔方兄"牵着鼻子走，自然与"贪"字无涉矣。

心地干净，你就不会在五光十色的当今世界迷失自己。记得我曾在《放飞灵魂》一文中写道："身居纷繁嘈杂、车水马龙、灯红酒绿的都市，每每经受不住尘世的种种诱惑，金钱、美色、名利、权势……凡此等等，勾着，引着，纠着，缠着，叫你抬不起脚，迈不开步，移不走身。"怎么办？保持一个干净的心地。爱美之心人皆有之，即便是对异性的仰慕也无可厚非。面容娇好的少女，清秀俊气的小伙，风姿绰约的少妇，伟岸阳刚的男子，让你心中顿生某种情绪，我看完全可以理解，内心也不必自责。然，这种情绪一定要在干净的心地里滋生，可以是欣赏，可以是仰慕，切不可把念头想歪了，更不可有伤雅之举。虽然说，"食色性也"，人因满足生理需求而获得的纯粹肉体性质的快感差不多亘古不变，但每一种生理欲望都会有餍足的时候，无节制于身体无益。想清楚了这一点，也就无须去做那些"金屋藏娇""嫖娼宿妓"之事了。声色犬马，纸醉金迷，灯红酒绿，亦是超出了人的基本需求范畴的奢侈，事实证明，人一旦奢侈起来便是无止无境，没有尽头的。心地干净地活着，让自己固守道德的防线。

心地干净，你就不会在权势权贵面前趋炎附势扭曲自己。我记得老一辈革命家陈云曾经说过，"不唯上，不唯书，只唯实"。他老人家的闪亮人格着实让人钦佩。在我看来，能做到这九个字，一定是个心地干净的人。现实生活中，面对上级，面对领导，好大喜功，弄虚作假，搞什么所谓的"政绩工程""形象工程"；面对群众，面对百姓，趾高气扬，颐指气使，搞的是另外一套见不得人的勾当。这样的为官者，相信不只是我见过吧？！我要说的是，如此为官何苦来哉，眼中只有官阶，一心向上，由科级而上，副、正县处级，副、正厅局级，副、正省部级……何时是了？只要能往上爬，把自己弄得精神扭曲，心地阴暗，不择手段，弃人品人格而不顾，岂不可悲？！心地干净地活着，坦然面对自己的仕途，升迁与否是组织考虑的事，自己唯踏踏实实做事即可。其实，人活在世间，要紧的不是当什么官，当多大的官。要紧的是，是否有自己真正喜欢去做的事。若是有自己喜欢做的事，我想，这样的人活得是会有意思的。在我的印象中就有一些老同志，在位时身体很好，一从领导岗位上退下来，身体便不行了，有的甚至过早地离开了人世。原因自然是多方面的，其中最重要的一条，这些人除了当领导没有自己喜欢做的事了，倒让人觉得可叹。

人活在尘世间，难免有时说违心的话，做违心的事。但是，我相信，只要你保持一个干净的心地，做到心地干净地活着，就会离"违心"远些，在日常工作、生活中"违心"得少些。我曾经不止一次表达过自己的想法，我不可能说自己永远心地干净地活着，但至少每当我拿起手中的笔时，我可以保证我的心地是干净的。

放飞灵魂

身居纷繁嘈杂、车水马龙、灯红酒绿的都市，每每经受不住尘世的种种诱惑，金钱、美色、名利、权势……凡此等等，勾着，引着，纠着，缠着，叫你抬不起脚，迈不开步，移不走身。既是凡夫俗胎，倒也不必责备过分，内疚过度。有一首歌里唱得好："……熙熙攘攘为名利，不如开开心心交朋友……真真假假怨人生，不如轻轻松松过一生……今宵对月高歌，明朝海阔天空，真心真意过一生。"

歌倒是会哼几句，无奈难以付诸行动。躯体的被束缚，被吞噬，随着尘世欲海的沉浮，并不能阻止灵魂的叛逆与抗争。于是，当《廊桥遗梦》再一次成为男男女女津津乐道的话题时，那些期盼着找回自己遗梦的人们，显露出了异常的惊奇与兴奋。这同样令我忆起了第一次灵魂的放飞。

当我在伸手不见五指的雨夜里，用雨伞作拐杖支撑着心力疲倦的躯体，踉踉跄跄走完一段长长的乡路，回到自己的斗室之后，独对孤灯，夜难以寐。剪不断，理还乱的一切，令我揪心、绞心、撕心。那痛楚，

147

让我欲哭无泪，欲言无语。无言独上西楼。乡野之所，自然不会有西楼之所在。雨过天晴，秋高气爽。月朗如昼的秋夜，有人邀我漫步乡野小径。万籁俱寂，秋虫唧唧，遥望悬于空中的满月，皎洁而温柔的银辉洒满田野。不知怎的，我顿觉天空广阔了许多，田野亦空旷了许多。有个声音在对我说，此刻你什么都可以想，什么都可以不想。我听着听着，脚下的步子舒缓了些许，身心亦舒展了些许，犹如一尾小鱼畅游于宽阔的湖荡，自在而惬意起来。夜雾渐浓，远处的村舍在夜雾里遮遮掩掩的，似乎在升腾，飘然欲仙。我的身心亦随之飘荡起来，渐渐离地面愈来愈远，离那声音愈来愈近，明月的清辉愈来愈柔……呵，让我尽情呼吸这洁净的空气，排除体内的污秽吧；让我尽情享受这皎洁的清辉，拂去身上的尘土吧；让我尽情升腾升腾，割断与尘世"剪不断，理还乱"的一切……

有人说，活着是美丽的。然而，多数活着的人，生活中恐怕无奈、窘迫、缺憾，凡此种种，会远甚于美丽。毫无疑问，多数人都追求着真善美的生存状态。然，现实的情形又是怎么样的呢？！有谁能撕下装饰在自己躯体上的外衣，完完全全赤裸着自己的灵魂？无论你是高官还是平民，无论你是富豪还是乞丐，无论你是智者还是白痴，你敢这样作为吗？或许，有人在心里不止一次地这样想过；或许，有人曾经不止一次地尝试过。但几乎都是不可能变为现实的。不难看出，要做到一个"真"字多难。我以为，真固然难，做到了"真"就一定是有百利而无一害吗？你敢说，这赤裸着的就一定干净；你敢说，这赤裸着的就一定对家庭、对社会有益？！如此看来，"真"也不一定愈真愈好，有个"度"。不是说有"善意的谎言"吗，人生存尘世之中，谁能保证一辈子不说谎，一辈子不做假呢？！自古罗梭有几人？

民间流传着一句话："好死不如赖活。"无可否认，人们对死亡多半是恐惧的。强烈的求生欲望，使人们本能地选择着逃避死亡的生存方式、生活态度。如此看来，那些尘世间沉溺于纸醉金迷之人，与其说是一种潇洒，一种享受，毋宁说是一种逃避，一种麻醉，一种放弃。为了"活"，为了"赖活"，人们在某些时候不得不丢弃自己的灵魂，不得不违背自己的意愿，不得不放弃自己的良知，不得不变得猥琐懦弱，不得不变得堕落无耻，不得不变得凶狠残暴……从一定意义上说，这样的人灵魂经受着更为严酷的折磨与煎熬，其生存状态更值得同情。当然，这需要我们有一个更为高远的考量人类灵魂的基点，只有这样才能透视一切、洞察一切。

某晚，两三知己，聚在一起神聊，心有灵犀，都谈及了生与死。尚活尘世，有关死的体验只能在梦中寻觅。有一位叙及，其身将死，而置于雪白的床榻之上，飞速穿越狭长而洁白的通道，疑为死亡之门，然并无恐惧之感，随后，速疾如电，身轻似燕，渐而不见形体，唯有感觉存在。轻声一唤，回音四起，那从未有过的轻松，那从未有过的畅达，一切束缚全无，一切纠缠全无，比曹雪芹的赤条条来去无牵挂还要来得干净！我静听着，竟迷失了眼前的一切，如豆的灯盏，临身的桌椅，所居的空间，渐渐地，竟迷失了自我，苍苍茫茫之中，似乎有个声音在唤着，"回来吧，孩子……回来吧，孩子……"

待友人叙述完毕，发觉我虚虚地坐在椅子上，似仅存衣衫，轻手一点即破的样子，皆会意地笑了。戏言曰："登天堂哉！"

脚下沾有多少泥土

　　一坐上前往顾高镇芦庄村走访的大巴，心头默念着的是"为什么我的眼里常含泪水？因为我对这土地爱得深沉"。这是艾青《我爱这土地》中广为传诵的名句。

　　此时我的脑海出现这样的句子，只是因为我有一份文学的情怀。对于顾高镇，对于芦庄村，我是从未探访过的。对于那里的土地，对于那土地上劳作的人们，自然也说不上有多少情感。如果要说有，那就是一份期待。这片土地将会是以怎样的样貌出现在我的面前，我将遇见什么样的村民百姓。当然，心底最为关切的是，将会有哪些难题在等着我。说实在的，难题之于我，是不怕的。我相信，现在的百姓是讲道理的。身处文艺部门，无论是协调解决问题，还是破解资金瓶颈，所受制约是显而易见的。心里想的是，只要向老百姓说清楚，人家是不会给我难看的。就我而言，摸清情况，梳理问题，如实反映，跟踪服务，也就不虚此行矣。

　　时在冬季，田野似少了春的生机，夏的盎然，秋的饱满。因为新年元旦将至，沿途高层建筑物上也还是挂上了迎新的条幅，以及商家促销广告，鲜艳而吸人眼球。

害怕给地方上负责对接联络者一个不守时的印象，同行者中对一大早迟发车二十多分钟，有些意见。好在，近一小时的车程还算顺利，我和同事小周很快就来到了芦庄村委会的村部。大概是我们要去的十六组距离村部还有一段路，村里的万支书安排了两名村组干部用摩托车护送我们。我并不熟练地抬腿跨上摩托，那"突突突"的声音便响了，身后一股青烟飘出，我们出了村部上了村路，向要走访的目的地进发。

这样的行驶方式，于我已经是十五六年之前的事了。因而，在村部门口，虽然我没有作任何迟疑就跨上了车，其实我的心里是敲了几下小鼓的。不适应是显然的。一直以来，我还是认为自己是一个接地气的作家，同时也不是一个官气十足的文艺工作组织者。我的长篇小说"香河三部曲"所描述的就是我脚下的这片土地，所塑造的就是生活在这片土地上的乡亲们，得到的好评与肯定一直温暖着我。而每年组织文艺家开展"走进"系列活动，走访挂钩联系点，上门慰问贫困群众，也拉近了我和普通老百姓的距离。

然而，当我重新坐上镇里一位同志的私家车，继续我们的走访时，我发现自己与老百姓的距离还是有些远了。坐摩托后面，颠颠簸簸，起伏不定，再吹着扑面而来的寒风，那种不适应，一下子就让我知道了自己身上已经有了一些官气。既然，市委要求我们每个党员干部"大走访"，我想，还是要多多少少放掉一些身上的"官气"，多接一些"地气"。于是，到十六组之后，我坚持不再用车，一家一户，串门交谈。在走访的村民家里，我摊开走访笔记本，写下二〇一六年十二月二十四日，这个原本极普通的日子，因为"大走访"必将深深印在我心底。

半天的走访，时间是短暂的。我的内心情感是复杂变化的。两名村组干部对村民家庭情况的熟悉，让我心生感动，他们在基层做事真的不容易。还是坐摩托后面时，我就和载我前行的老万聊过，他曾经是一个村的支书，芦庄村合并之后他成了"片长"，但做事的认真劲儿没有变，从他憨厚的笑容里，我知道，他很是为他拥有一份村情联络图而自豪。我也会为家庭幸福、日子红火的村民而开怀大笑。走访中，碰到一老奶奶，儿子媳妇在城里工作，孙子在北京读研究生，老奶奶谈及自己的孙子，骄傲地告诉我，"在北京，读研呢——"话语里，幸福满满的。

尽管我希望就这么一直"开怀大笑"，可有些村民的生活情形，还是会让我如鲠在喉。八十一岁的段圣宝老人，因为家中突发变故，儿子服刑，孙子流浪在外，自己和老伴相依为命，身体不好，生活陷入困顿。在他的家中，他苍老枯骨的手拉着我，告诉我说，他们的衣服几乎都是从垃圾堆里捡的。我的心被刺了一下。我真的心疼。

想有所表示，终于什么也没有做。"作秀"二字浮现在我眼前，这是我心底不耻的。我郑重地递上鲜红的"联系卡"，告诉老人家，这上面有我的名字，有我的联系电话，有什么困难随时可以打电话给我，我一定尽力再尽力，帮着解决的。我是拖着沉沉的脚步离开段圣宝老人家的。然而，老人家简陋破败的屋舍，老两口憔悴哀伤面容，怎么也不能从我眼前抹去。

返程途中，当我得知几天之后市委宣传部将组织"三下乡"慰问活动到顾高镇，便将段圣宝老人的情况作了反映，很快段圣宝老人被列为"慰问对象"，获得了崭新的棉被。这寒冬里的温暖，既温暖着像段圣宝这样的贫困老人，也温暖着像我这样的"走访者"。

如前所言，我尽管身处文艺部门，与其他身处经济部门的同志比，开展"大走访"不具备太多优势，然而，力所能及而不为，便是我的失职。

走访之后的第一个办公会，我通报走访情况之后，明确提出了新的走访要求，希望本单位的"大走访"不仅要"走"起来，而且要"深"

152

下去，"实"起来。我带头捐款，为段圣宝老两口置办内衣和棉鞋，动员其他同志为他们捐棉衣，希望这一对老人过一个暖心的春节。我把这一切安排好，特别是给段圣宝老两口衣物，特别关照其他同志去完成。我真实的心理是，我不希望老人家因为这个记住我，而是想让他知道，这是市委的一项部署。我们的党，无论在任何时候，心里都是装着老百姓的。

由此，我们对走访中了解到的问题也在紧张梳理之中。我想，"大走访"让我的脚踏上了顾高，踏进了芦庄，我会时时反问自己，我的脚上究竟沾有多少顾高芦庄的泥土？我希望通过自己的努力，可以骄傲地告诉自己，我的心里已经沉淀了对顾高对芦庄对像段圣宝老人这样的走访对象一份宝贵的真情。

那一抹红，早已溶入血液

前几天，妻子在家里玩手机，一个熟悉而又早已远离我们的声音从她手机中传出："中华人民共和国中央人民政府在今天成立了！"

那徐缓的语速，那顿错的语调，那浓郁的湘音，给听者以庄严，以自豪，我的心头一紧，心口一下子热了起来。

"开国大典！"

不错，妻子看的是最近一段风靡"朋友圈"的开国大典视频。六十八年过去了，六十八年前的十月一日下午三时许，毛泽东主席站在雄伟的天安门城楼上，向全世界发出了庄严宣告。从此，一个崭新的中国屹立在世界的东方。

我没有和那些千千万万叫"国庆"的人那样，伴随着新中国的礼炮声而降临在这样一个崭新的国度，想想，自己的名字叫"国庆"，这是怎样的"高大上"？要我说，一个字——"牛"。这可不是一般的"牛"，是真正的"牛人"，与国同庆！

然，五十年前，当我成为一名小学生，佩戴上鲜红鲜红的红领巾

154

的时候，小小少年的那份自豪感，一点也不比"国庆"们差。站在村小的土场上，仰望着在竹篙顶端高高飘扬的五星红旗，我们的眼睛是放光的，我们小小的心脏是颤抖的。当我们手捧着长三角形的红领巾时，那份自豪是由衷的，那份珍惜是发自内心的。老师告诉我们，五星红旗的"红"，是无数革命先烈用鲜血染红的；我们佩戴的红领巾，是鲜艳的五星红旗之一角。

那时候，每天下学之后第一件事，就是恋恋不舍地将红领巾从脖子上解下来，极小心地折叠成长方形，平整地压在自己的枕头下面，以便第二天一起床就能佩戴上。农家的孩子，下学之后，挑猪草，趟螺螺，拾狗粪……要做的活儿多着呢，万一弄脏了心爱的红领巾，那可是要心里难受好几天的。因为戴上红领巾的小伙伴们，都在暗暗较劲呢，看谁对红领巾最爱惜，看谁的红领巾最整洁。

实在说来，五星红旗和小小的红领巾，对我们这一代人的成长，其作用是不可替代的。我们每个孩子的心底，自觉不自觉地滋生出一种情感：依恋。是的，对"红"的依恋，对红领巾的依恋，对五星红旗的依恋，对伟大祖国的依恋。现在想来，这种情愫，其实早已溶入了我们的血液。

曾几何时，我们不知不觉地对儿时的那种庄严的情感疏远了，淡化了。我们的脚步变得匆忙了，我们的眼神变得飘忽了，我们的情绪变得烦躁了，我们的心田变得荒芜了。似乎，我们很无辜。在"经济"霸主面前，其他无还手之力；在狂奔的足音轰鸣之中，心声何其衰微。我们似乎不由自主地被一种力量裹挟着，不由你不脚步匆忙，不由你不飘忽，不由你不烦躁，不由你不荒芜。

是啊，我不再仰望那竹篙顶端高高飘扬的五星红旗久矣，那折叠得极整齐的压在枕下的红领巾，也早就被我丢失矣。

妻子手机里传出的声音，让我心头一紧：还有十多天就是十月一日，就是中华人民共和国成立六十八周年国庆啦!

国庆，我们习惯称为"国庆节"，有七天长假。在这七天长假里，我们是否应该做些什么？不是赶往某个人山人海的景点，不是飞往某个气候宜人的岛屿，更不是漂洋过海来到异国他乡。譬如我，是不是回一趟"村小"，向那绑在竹篙顶端高高飘扬的五星红旗行一个注目礼？是不是回一趟"老家"，找一找那多年不见折叠得极整齐的压在枕下的"心爱的红领巾"？

我为二〇一七年的"国庆节"，二〇一七年的"十一"长假，有一个完全不一样的安排而心情愉悦。

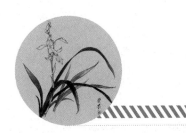

第四辑：见到了阿诗玛

遥望玉龙雪山

　　汽车披着温暖的阳光，在初冬的红土高原上奔驰，那令人神往的玉龙雪山就在眼前，叫人激动不已。来过丽江的人都有这种感觉，当你一脚踏上丽江，最先映入眼帘的，便是那位于丽江坝子北端拔地而起的巍巍雪山。那久负盛名的雪山，使得每位来丽江的人均去拜望。我，自然也不能例外。

　　早晨九点钟，从下榻处出发。这里与我老家相比，大约有一个小时的时差，尽管早早地醒来，然无法动作，天色放亮太迟了。当地的朋友再三劝，上雪山太早了不行，看不到什么的，甭心急。话虽是这般说，早闻得"丽江雪山天下绝，积玉堆琼几千叠"，自然是想早一点饱饱眼福。况且，从我们下榻的丽江宾馆，就能看到玉龙雪山的倩影，怪撩人的，怎能不性急！

　　汽车驶过一条颇具现代气息的开阔大道之后上了山路。环视四周，令人想起《醉翁亭记》中欧阳老夫子所述"环滁皆山也"的境况，丽江四周到处是山，山山相连，连绵不绝，将丽江城包围在中间，难怪被称

158

为"大研镇"呢，果真似一只硕大的砚盘。在与司机的闲聊中，司机告诉我，这上山的道，看似平坦，其实是渐渐升高的，愈接近雪山愈高，反身回望，方能看出高低落差。说，每向前十米地势则升高一只鸡蛋之高度。不知是否属实，甚以为奇。透过车窗，见两侧盆地上矮小灌木丛生，有成群成群的黄牛和绵羊在吃草。四下里寻找，不见有牧羊牧牛者，难怪黄牛们和绵羊们既自由自在，又悠闲自得，煞是逍遥。远处的群山上，薄雾轻绕，其影投下，似山点燃，青烟四起。再遥望仿佛在眼前的雪山，顿生"风吹草低见牛羊"之感慨，心头掠过一丝苍凉。很快，这种感慨被急切的心情所取代了。原本还算清晰的雪山，被飘忽不定的晨雾掩遮住了，好不叫人着急。

进入玉龙雪山风景区，汽车在白水河边停下来。司机告诉我，这条河，因玉龙雪山之雪融化而成。难怪河水如此晶莹剔透，河底的卵石清晰可数了。白水河从雪山脚下流出，再往下时被一道坝挡住了，坝口成盘状，重重叠叠，清纯的雪水从上面流过，发出潺潺的声响，不时有好奇的游人租了当地人的高靴子，走到坝子上拍照，似乎想一并领略一下"大珠小珠落玉盘"的意境。无怪乎，人造痕迹太重了些，在玉龙雪山这样一个大自然鬼斧神工的杰作面前，似有添足之嫌。

正当我们离玉龙雪山愈来愈近的时候，当地的友人给我们带来了一个不好的消息，大索道检修，无法上山。别无他法，友人为我们选择了过云杉坪，远望雪山之路。

从小索道乘缆车而上，不一会儿，一片颇为开阔的草地展现在我眼前，此处便是云杉坪了。奇怪，在这树木丛生、古木参天的所在，竟然有此空旷的高山牧场，倒让人百思不得其解。或许正是由于云杉坪有如许开阔之地，便成了游人观赏玉龙雪山的佳境之一。听当地友人讲，玉龙雪山南北长三十五公里，东西宽二十五公里，由北而南，连绵起伏。雪山面积九百六十平方公里。这里终年积雪，有大小山峰十三座，峰峰相依。最高的山峰叫扇子陡，海拔高度五千五百九十六米，在诸峰的南端，想来是其峰形如扇而得此名吧。观玉龙雪山，其妙甚多，其最妙者有二。观赏位置不同，则雪山所呈的景色，迥然而异；观赏不同景色的雪山，则雪山所呈雪色亦不同，此最妙者之一也。如若从芝山麓上文海村，便可观得其西北侧黑雪山景观；从山脚下雪松村进山走中路，则可纵览白雪山之景，也就是扇子陡主峰的景致；从雪山东麓过云杉坪，或甘海子，即可见其东侧绿雪奇峰。同是雪山，竟有如此神奇的变化，其雪色竟也有黑、白、绿三种不同的色泽，这不能不使我为自己的孤陋寡闻而汗颜。

终年积雪的玉龙雪山竟是花的海洋，遍地白雪，遍地鲜花，此最妙者之二也。没到过玉龙雪山的人，谁曾想象到她白雪皑皑鲜花盛开的奇景呢！而谁又曾想象到，在雪山的花海中，独占花魁的会是柔弱、纤小的杜鹃。这里的杜鹃有高矮之分。矮杜鹃矮得甚奇，几乎匍匐于地面，一旦花开，只见花团簇簇，难见其一枝一杈。高杜鹃则躯干矫捷，与其他乔木相争高，花开时节，则细细碎碎，密密麻麻，似满天星一般。这里杜鹃花色颇多，其形各异。红的像火烧云，白的像龙山雪，紫的像西天霞；有如满斛明珠，亦有如丽人出浴；花大似牡丹，花小如丁香，无一不令人爱怜，叫人称奇。不是说，高处不胜寒嘛，这里的杜鹃，却在这海拔四千米以上的高处，任意开放着，灿烂着，不禁让人感到寂寞，一种远离尘世之后的寂寞。

"看，那就是扇子陡。"友人边讲解，边用手指点着，我急切地循着友人手指的方向寻找，让我感到目眩的是皑皑的白雪，亮晃晃，银闪闪，直刺你的眼。真可谓："白雪无古今，乾坤失晓昏。"这白雪，平生初见，以为甚称雪之精华，圣洁之精灵，好不叫人心动。再远眺雪山主峰扇子陡，银雕玉塑，气势非凡。无奈，云雾飘绕，无法体验一览无余之痛快。正暗自懊恼此次造访时机不佳，耳旁听得有人讲，玉龙雪山至今仍是处女峰，未曾有人亲近。禁不住，眼前一亮：那白云缠绕的扇子陡，不就是一位害羞的少女吗？你看她，时而面纱轻裹，时而罗裙轻摆，亭亭玉立，楚楚动人，神秘莫测。既让人怦然心动，欲一睹芳容；又让人不得亲近，知难而退。

汽车载着遗憾，离开了神秘的雪山，我扭头盯着车尾，指望能有奇迹出现，突然间云消雾散，一睹害羞少女的庐山真面目。司机见我如此痴迷，劝道："下次吧，只要有缘，总能见到的。"雪山在我的视线里渐渐远去了，远远地望着她，我在想：真不知哪位英雄少年，不畏艰险，勇争天下第一，去揭开少女神秘的面纱，献上自己的勇气和忠诚呢！

感受虎跳峡

汽车在陡曲的山路行驶了两个多小时之后，我们便来到了世界上落差最大的峡谷——虎跳峡。

虎跳峡，位于青藏高原与云贵高原的衔接部，由玉龙雪山和哈巴雪山剧烈运动拱抬，再加之金沙江水下切侵蚀而得以形成。峡长十七公里，谷地海拔一千八百米，江面落差两百多米。有十八个险滩，两岸雪山峭壁直立江面三千多米。整个虎跳峡分上虎跳、中虎跳、下虎跳三段，道路曲折迂回，长达二十五公里。每段江面奇窄无比，北岸仅容一个人单行的古栈道旁，时而飞瀑直泻，时而巨石横生。惊险之余，让你感受虎跳峡中江流轰鸣，大气磅礴，岂不快哉！

我们听说上虎跳为峡中最窄的一段，便从此处下车沿陡直的阶梯下得峡谷，迎面山风吹来，挺有劲儿，大伙儿都直嚷冷。再下去几级台阶，峡谷中轰鸣之声不绝于耳。当上虎跳完完全全展现在我们面前时，最吸引我的是那汹涌的江水，在与峭壁、岩石的撞击之下，顿成澎湃之势，震撼着造访者的心田，那种英雄气概、豪迈之情油然而生。

"瞧，江心那块巨石！"有人惊叫起来。我寻声望去，但见那巨石庞然大物一般，雄踞江心，横卧峡中，似一道跌瀑高坎陡立眼前。恍惚之间，这巨石犹如一座天门，把滔滔江流劈成两半。难怪水流如此激荡、湍急呢，想来与它的出现定有联系的。友人告诉我们，这块庞然巨石便叫虎跳石。相传在很久以前，曾有一猛虎借助江心这块巨石，从玉龙雪山纵身跃至哈巴雪山。虎跳峡之名由此而来。

伫立峡边，感受那震耳欲聋的咆哮，感受那吞天吐地的气势，让人领略到一种完完全全的雄性威力和宣泄。潜伏江底的礁石，阻挡着江流的涌泻，激溅起一道道巨浪，翻江倒海，白浪冲天，雄奇之至。竟有人吟起了苏东坡的《浪淘沙·赤壁怀古》。"惊涛拍岸，卷起千堆雪"的意境尽现眼前。

正当我们惊叹大自然的无穷造化，成就了如此阳刚雄性的虎跳峡的时候，友人道出了一则激动人心的消息：一九九六年九月，洛阳长江漂流队首漂虎跳峡成功。在洛阳勇士面前，虎跳峡不再是包藏杀机、不可征服的激流险滩。这则消息，在我心灵深处的震撼，绝不亚于眼前虎跳峡所给我的。它让我激动得无法用言语来诉说什么，唯有从心底涌起一种景仰与崇敬！虎跳峡，我带不走你的喧嚣与激荡，亦带不走你的野性与雄奇，心中不无遗憾。然，你所成就的洛阳勇士们过人胆魄与勇猛奔放，已在我心底留下深深的印记，相信会有如猛虎跳峡的传说一样，传颂久远。

见到了阿诗玛

"玉玲儿响来百鸟唱，我和阿诗玛回家乡……"从昆明往石林的路上，我们几个同行者都有些抑制不住的兴奋，口里不停地唱着电影《阿诗玛》里的插曲，期盼着能早一点到达石林，欣赏到奇特的山景。

著名的石林风景区，在石林彝族自治县境内，面积四十多万亩。石林俗称李子箐，形成于很久很久以前的古生代，属极典型的岩溶地貌。石林包括大石林、小石林和外石林等众多景点。汽车在并不宽阔的公路上行驶着，我便抓紧途中的一点时间，从书本上多了解一点有关石林的知识，免得到了那里被同伴们一问三不知。

随着离石林愈来愈近，公路两旁的山形山貌与别处似有不同，书上介绍的那种岩溶地貌特征已初露端倪。你看，那一座座石峰，一根根石柱，一枝枝石笋……还真是惟妙惟肖，颇具神韵呢。

进入石林风景区，到处都是拔地而起的灰黑色石峰、石柱，高高低低，参差错落，远远望去，犹如一片莽莽苍苍的森林，颇为壮观。想来，这石林之名由此生矣。在大石林，最为引人注目的便是那陡峭石峰半腰间的石刻了。但见，那石刻，呈长方形，乳白色的底，朱红色的字；那"石林"二字，字体硕大而俊秀，颇具大家风范，不知是哪位书家的作品。这里，想来已成为石林风景名胜的典型代表了。无怪乎，游人如潮，煞是热闹。在这儿等着想照相的人，更是排成了长龙一般。这里人挤人，人碰人，真是人山人海一般，时节虽在冬季，但为了能拍上一张"石林照"，一个个都是汗流满面，薄衣单衫的了。既是到此一游，留个影以作纪念，也在情理之中。说到底，我们也是尘世间一凡夫俗子而已，在这"石林"二字面前亦未能免俗。

离开"石林"石刻，我们一行便来到了著名的剑峰池。一泓碧水，似一面明镜，嵌于这奇峰异石之间，怎能不让人称奇呢。说实在的，这水要是放在漓江，可以说是算不得什么。漓江的山，虽说也是奇峰林立，但绝大多数是借水而生，因水而灵，可以说是离不开水的。古人曾有五岳归来不看山之说，我倒有漓江归来不戏水之感慨。然，在这旱地旱峰为主的石林，陡见一池碧波，还真感新奇。细细观赏，只见池水蜿蜒流淌于岩石中，上有小桥相连。我上得桥来，凭栏望池，一石峰兀立碧水之中，恰似一柄利剑，直指天空，大有不刺破青天不罢休的架势。不用说，这便是极负名望的剑峰了。循石阶下行，曲径通幽，峰回路转，别有洞天。眼见着群峰间，那些栩栩如生的景象，令同伴们目不暇接。瞧，那多像一只梳理着自身羽毛的孔雀，那多像一头雄踞石台的大象，那又多像一对正在觅食的小鸟！我们正在感叹大自然竟有如此的神奇造化时，不想其他游客竟不以为然了。"小石林中的阿诗玛那才叫像，那才叫神呢！"

阿诗玛，在我心目中始终是个美丽善良的姑娘，曾听过许多关于她的传说。在石林得以亲见，亦算平生之幸也。在我的急切催促下，我和同伴们很快来到了小石林。在一潭碧波侧畔，我见到了最著名的阿诗玛石峰。但见她，长着修长高挑的身材，显得是那样风姿绰约，背后还有一峰相连，从侧面看时酷似一只背篓，两座山峰连在一起，活生生一个背竹篓的阿诗玛！观赏着如此逼真、如此神妙的石峰，我们同行者中无不惊叹这自然界的伟大与奇特。眼前的这座阿诗玛石峰，真看得我目瞪口呆，如此惟妙惟肖，叹为观止，叹为观止！据说，当地撒尼人还赋予这座石峰一个动人的传说呢。说，撒尼姑娘阿诗玛，被富人热布巴拉抢了回去，强占为媳妇，哥哥阿黑前来营救。他们兄妹俩历尽了千难万险，吃尽了千辛万苦，终于逃出了虎穴。可当他俩走到此地时，热布巴拉勾结崖神变出了滔滔洪水，将阿诗玛淹死了。后来，阿诗玛就在这儿变成了一尊巨大的石峰。

我正盯着眼前这座阿诗玛石峰出神的当儿，一个身着鲜艳撒尼服饰的少女，从我身边走过。只见她头戴圆形花帽，帽边插一个小山角。帽子为红底色，上有三道不同颜色的条纹；身着翠绿色衣裤，脖子上戴着撒尼少女常戴的银首饰，在阳光下闪闪发光；手拿一把小伞，伞面儿也十分鲜艳，与她这身服饰很相宜。这不是阿诗玛吗？我仿佛看到那潭水边的阿诗玛放下背篓，正朝我走来。"姑娘，我能请你和我一起照张相吗？"我顾不得有些唐突，走到了那撒尼少女面前。原以为会碰一鼻子灰的，谁想她竟大大方方地答应了我的请求。

在同伴们的取笑声里，我们告别了石林，告别了阿诗玛石峰，也告别了在小石林偶遇的撒尼少女。汽车行驶在返程的途上，我的心似乎留在了石林，留在了那历经岁月风雨，永远伫立潭边的阿诗玛身边，竟有些怅然若失。

佛即我心

生平孤陋寡闻，未曾读过几本佛学宝典。"佛即我心"非读书所得，而是游乐山，瞻巨佛之感悟。

"上朝峨眉，下朝凌云。"闻名中外的乐山大佛便雕凿在岷江南岸凌云山栖鸾峰临江的崖壁上，与乐山城隔江相望。这尊高七十一米的"世界第一大佛"，坐东朝西，背靠凌云山，脚踏三江水（岷江、大渡河和青衣江），远眺峨眉，近瞰嘉州，佛像庄严，气魄雄伟，形成了"山是一尊佛，佛是一座山，带领群山来，屹立大江边"的伟岸气势。

据唐代韦皋《嘉州凌云大佛像记》记载，乐山大佛开凿于唐玄宗开元初年，完成于唐德宗贞元十九年，历时达九十年。一千多年前，凌云僧人海通，为了制服凌云山下汹涌的江水，立志凿巨佛镇水妖，以"自剜其目"之决心，率领众工匠舍生忘死，一心建造佛像，最终在其弟子手上完成了如此浩大的工程。现在游人面前的佛像，头高约十五米，头顶可放一张圆桌；耳七米，眼长三点三米，耳中可容两名彪形大汉；肩宽二十八米，可作一篮球场；脚面上一次可围坐百余人。面对如此巨佛，面对滚滚流逝的江水，让我顿生"大江东去，佛法西来"之感慨。

嘉州奇则奇矣，不仅有一尊乐山大佛，且又发现了由乌尤山、凌云山和龟城山构成的"巨型睡佛"。"巨佛"头南脚北，仰卧于岷江东岸，南北直线距离一千三百米左右。"巨佛"形态十分逼真，乌尤山为头，凌云山为身，龟城山为足。而又以"佛头"最惟妙惟肖，乌尤山的山嘴为"肉髻"，景云亭为"睫毛"，山顶树冠则分别为"额""鼻""唇""颌"。令人叹为观止的是，那尊乐山大佛竟然正好端坐于"巨佛"的腋窝，似有"心即是佛""心中有佛"之意，形成了"佛"中有佛的奇观。

瞻乐山大佛，只觉得自己是何等渺小，何等微不足道，佛是何等高大，何等法能无边。再观"巨形卧佛"，领略那"佛"中有佛的奇观，顿觉得这"佛"原本由心而生，有心即有"佛"，"心""佛"合一，正所谓"心即是佛""佛即是心"也。

游乐山，观巨佛，对于众多游人而言，感受到的或许是嘉州山水与大佛、巨佛的水乳交融、浑然一体，为之惊叹的是古代工匠的技艺智慧与大自然的鬼斧神工。而乐山留给我的，却是"佛""我"合一之妙，心即是佛，佛即我心，"佛"之高大，"我"之渺小，皆不存焉。

初登峨眉

　　早闻得峨眉天下秀之美名，刚踏上巴蜀土地，心便飞向那峨眉秀峰了，盼望着一睹其秀色，以饱眼福，亦算是了却多年来的一个小小心愿。

　　记得从成都出发，乘车去峨眉，同行者天未放亮就上了车，然天色渐晚亦未能见到峨眉。同行者中有性急的，便怨车子开得太慢。虽说车子开得算不得快，但从成都发车，到峨眉脚下住宿是极正常的。大多数来峨眉山的游客都需住上一宿方能上得山去。我们乘的车子擦黑在峨眉山脚的一座空军招待所停了下来，司机告诉我们，今晚就住宿于此，明天一早上山，得换乘招待所安排的专用车。一行十来人，背了各自鼓鼓囊囊的行李，下得车去，只见招待所门前匾牌上四个大字——蓝天宾馆，颇为醒目。见我们一群人下来，便有两位红衣小姐上前招呼："欢迎光临蓝天宾馆。"想来是旅游淡季的缘故，住宿收费比我们原先想象的要便宜，并非著名风景名胜消费的标准，两人间标准客房各种设施倒也齐全，不过每张床位二十多元一晚。服务小姐颇热情，指点着办住宿、办登山车辆，又给我们送来了十多件军用棉大衣，说上山天气变化大，山上冷得很，棉大衣可御寒，否则吃不消的。正待大伙儿十分感激小姐想得周全之时，又有小姐催着开票了，每件大衣租金五元。大伙儿对此颇多感慨，部队的招待所搞得真够"活"的呢。

实在说来，上山的前一夜，大伙儿都有些不平静，多半是初次来峨眉，不知峨眉将以怎样的面目出现在我们这些远隔千里的异地游人眼前。本来带我们上山的领队讲清晨五点出发，结果，多数人三点二十分就起来了，都说睡不着，那种急于登上峨眉的心情已无须言表了。距离发车时间尚早，大家就着开水吃点干粮，相互寒暄些有关峨眉的闲话。就在你一言、我一语的闲谈中，我们等到了领队。领队说，今天阴雨，大伙儿高兴得跟什么似的，很快上了车。我借着宾馆门前的灯光，一看表，也才三点四十分。

汽车在陡曲的山路上行驶，天色一片漆黑，什么也看不清，只听得耳边淅淅沥沥的山雨，下个不住气。司机凭借着汽车前部的灯光，熟练地操纵着方向盘，速度颇快。车子似乎在山路上打转，忽左忽右，怪怕人的。为了缓解车厢里的紧张气氛，有人倡议大家唱首歌，于是，车厢里很快就响起了并不悦耳的歌声。多亏这歌声，叫人忘记了眼前惊险的山道。汽车在山门外停了下来。说是山门，并没有真正的"门型"，只不过一根路标杆横在道上，两边有交警守着。据说，要六点才能开山门，太早了上山的路难走，不安全。

在等待之中，天色渐渐放亮了。有披蓑衣的山民围着车子叫卖，有卖食品的，有卖水果、饮料的，有卖雨具的，然，卖得最多的却是草鞋。就连我老家乡下，不见草鞋也有好多年了。这草鞋是供游人登山用的，防滑。汽车过山门不远处，就再也不好向上开了。我们需下车步行，领队带着我们进了一家专卖草鞋的小店，动员我们都买一双草鞋。卖草鞋的，生意也算做到家了，谁花三元钱买他一双草鞋，他还主动为你穿上，系好。草鞋是直接穿在各人原有鞋子外面的。本来，半山腰的石径，滴水成冰，颇滑，穿上草鞋再迈步，真是稳当多了。大伙儿都说，三元钱花得值。

　　冒着蒙蒙细雨，我们沿石径拾阶而上，一步一步，慎之又慎。清晨的山道两旁，一些竹制的货架，均空着，山民们卖山参、卖山耳之类的尚未到。再向两旁树林深处眺望，雾气腾腾，看不出个究竟。没走多久，我已周身发焐，干脆敞开军大衣，倒不觉得冷了，似乎对服务小姐所言温差变化产生了怀疑。同行者中，有的不留神一个趔趄，摔了下来，等不及去拉，已滑下好几个石阶了。有了摔倒的先例，大家迈步更加小心。尽管如此，没走几步，还是有人脚下一滑，身子一歪，跌下石阶。此刻，每迈一步，倒叫人体会李白"蜀道之难，难于上青天"诗句的意境。短短的一点五公里石径小道，花了我们两个半小时。面对雾气蒙蒙的峨眉，要登上海拔三千零七十七米高的金顶，那要走多长时间啊！就在大伙儿深感失望之际，半山腰出现了索道车。领队劝我们乘索道车上金顶，否则，由此向上的山道则更险，那才叫"难于上青天"呢！

　　乘索道的提议，得到了大伙儿的一致拥护。当我们坐进索道车向上行驶时，心中有一种从没有过的轻松。大家尽情远眺那白茫茫的山林，雾气升腾，似乎没有沥沥的雨声。忽然，索道车进入了厚厚的雾层，我们眼前一片混沌，云层挡住了所有的一切。索道车在云雾里上升着。不一会儿，一轮红日跃出云雾间，眼前一片金灿灿的阳光，天空豁然开朗，索道车中的游客无一例外地欢呼起来。大伙儿都以为是看到了日出，在山脚下就听说，金顶看日出难得很，就连当地人，十有八九也看不到。原因是，金顶上的气候，难捉摸，山脚下，阳光灿烂，说不定到了金顶却乌云翻滚，大雨滂沱。有时候又恰巧相反。究竟是什么样的天气能看到金顶的日出，谁也说不清楚。

　　在一片惊喜之中，我们登上了金顶。虽然金顶上白雪皑皑，但阳光灿烂，照得人暖洋洋的。也许是心理因素的作用，我脱掉了军大衣，竟一点不觉得冷。峨眉，真是变化万千。想不到山脚下细雨沥沥，山腰间雾气腾腾，山顶上却阳光四射，奇哉，妙哉。登山远眺，远处白茫茫的是雪山，那么洁白，那么无瑕，令人想起毛泽东的雪山诗来，给人身临其境之感。

我正盯着雪山出神，山顶上耍猴人热情地走了过来，逗小猴子给我立正、敬礼的，颇有趣。耍过一阵之后，耍猴人便劝我邀请他的猴子照张相，挺便宜，一只猴子收费一元钱，便答应照一张。谁知，我刚摆好姿势，耍猴人手一挥，三只猴子蹿到我肩上、头上，没等我开口，同伴已"咔嚓"一声按下了快门。我哭笑不得，付上三元倒是小事，如此一照，我岂不成了耍猴的了！

赶紧离开耍猴人，又拾阶而上，上得金顶最高处，方见得云海翻腾，煞是壮观。舍身崖上有一块石碑，上书"云海"两个大字，遒劲有力，为武中奇先生之大作。相距不远，另有一处石碑，是林散之先生龙飞凤舞的狂草，细细拜读，原是"金顶"二字，甚是洒脱、飘逸。眼前的秀峰、秀松，还有这优秀的峨眉文化，深深地吸引了我，让我驻足，让我留恋。伫立于海拔三千多米的金顶，我心头充满了金色的阳光。

永远的钟声

月落乌啼霜满天，
江枫渔火对愁眠。
姑苏城外寒山寺，
夜半钟声到客船。

唐代诗人张继的这首《枫桥夜泊》，可以说是千古传诵，经久不衰。正是因为有了这首诗，才使得位于苏州阊门外枫桥镇的枫桥和寒山寺格外有名。说到枫桥，南宋诗人范成大在其编纂的《吴郡志》中曾有这样的记述："自古有名，南北客经由未有不憩此桥而题咏者。"据说，张继当年夜泊枫桥，是因为仕途遭难，亡命天涯，才沦落至此。也许正是有如此背景，在秋霜满天的夜晚，诗人的心绪才会倍感落寞，眼中的秋夜才会更加萧瑟。就在这万般无奈的境遇中，寒山寺的钟声响起，无边的黑暗、万般的愁绪，一下子被打破了，诗人的内心在得到稍许宽慰之时，一首流芳千古的诗篇也就产生了。

其实,张继的《枫桥夜泊》,看似咏枫桥实咏寒山寺。到过枫桥镇的人都知道,枫桥与寒山寺应该说是一个有机的整体了,两者互为映衬,共同构成了一个意蕴无穷的妙境。据说,寒山寺因唐贞观年间,寒山、拾得两位高僧在此住持而得名。有关两位大师充满禅机妙理的问答,则流传甚广。说,寒山曾经如此问拾得:"世间谤我、欺我、辱我、笑我、轻我、贱我、恶我、骗我,如何处置乎?"拾得答道:"只要忍他、让他、由他、避他、耐他、敬他,不要理他。再待几年,你且看他。"这看似寻常的问答,折射出的是佛家的哲学思想,是儒家平和忍让的中庸之道。

在二十世纪的后二十年里,我曾数次拜访过寒山寺。在这所寺庙里,有着佛寺所应有的一切陈设与建筑,天王殿、大雄宝殿,凡此等等。寒山寺借以名扬天下的张继诗碑,原本为明代大文人文徵明所书,历经劫难,字迹斑驳,到清光绪年间由俞樾重写再镌。寺中碑廊、殿阁之上,尚有罗聘、郑文焯等名家的书画作品。可寒山寺吸引我的不是这些,而是那小巧典雅的钟楼,是那钟楼上传出来的嘹亮而悠扬的钟声。尽管现存于钟楼的古钟,不再是张继诗中所咏之钟,但这并不影响我借钟声而发思古之幽情。是的,寒山寺的"诗韵钟声"铸就了寒山寺。这绵延了一千多年的钟声,在秋天的夜空里显得格外雄浑而响亮,真是"试看脱胎成器后,一声敲下满天霜"。

听说,如今每逢岁末除夕来到寒山寺听钟声,已经成为一种时尚。"闻钟声,烦恼清,智慧长,菩提生。"听一百零八声钟鸣,说是能除去人在一年中所有的烦恼,化凶为吉。每年除夕的寒山寺里,不仅有不少国内游客,而且有许多来自日本的游人,为的是能在寒山寺的钟声里开始新的一年。可不是嘛,寒山寺除夕那最后一声钟响正是新年零点的开始呢!或许是现实生活的喧嚣与烦躁,才使人们赋予了原本孤寂苍凉的寒山寺钟声新的内涵,寄托着人们向往平安、祈求幸福的质朴愿望。想来,这与寒山、拾得的佛家精神倒是相融的。不知寒山、拾得两位大师在天之灵，是否略感欣慰呢。

"风流张继忆当年，一夜留题百世传。"谁曾想，在距诗人所处时代一千二百多年之后，竟有人借《枫桥夜泊》之诗意，改编写成了一首通俗歌曲《涛声依旧》，一时间激起了多少青春不再者的美好回忆，又让多少少男少女心中情波荡漾、春心摇曳，风靡一时，传唱颇广。据说，改编者是个广东人，我在敬佩这位改编者开放的思维，创新的意识之余，也为与枫桥、寒山寺近在咫尺的众多苏州当今文人而略感遗憾。若是他们当中一位来改编呢，不知会有怎样的佳创。由此，我想到了本土历史文化资源的挖掘与弘扬，难道不是个值得重视的大文章吗？

枫桥边的红叶，渔舟上的灯火，都因时代的变迁，环境的变化，不复存在了。随着岁月的流逝，自然也会从人们的记忆里消失的。唯有寒山寺钟楼上的钟声，依然鸣响在岁岁更迭、辞旧迎新的夜晚，是那么深沉洪亮，是那么清脆悠远。这钟声，传达给世人的是警觉？是感奋？是欢乐？是忧伤？

呵，寒山寺的钟声，与张继那首七言绝句一样，永远回响在我的心底，挥之不去，魂牵梦萦。

怀旧的苏州园林

　　当我不止一次地徜徉在苏州园林中的时候，总是有赏不够的精巧纤秀，览不完的曲折深幽，品不尽的优雅安谧，悟不透的人文境界。尤其是在我对北方气势恢宏的皇家园林有了一些体验之后，再来面对多姿多彩的苏州园林，便有如面对一位先哲，那深厚的文化积淀，那丰硕的人文精神，无一不令我为之思索。

　　位于园林路上的狮子林，为苏州四大古名园之一。因园中有怪石像狮子，又因与天目山狮子岩有些瓜葛，加之取佛经中"狮子座"之意，故有狮子林之名。在我的印象里，狮子林是以假山石而著称的。你看那园中，奇峰林立，千姿百态，如狮，如虎，如……倒是每座假山石均有个颇好听的名字呢，"含晖""吐月""玄玉"，凡此等等。有如许多的假山，必然会有山洞存焉。你还别说，这狮子林中的洞壑，蜿蜒曲折，盘旋迂回，扑朔迷离，恰似迷魂阵一般。要是我没记错的话，八十年代初，曾有一部电影《他俩和她俩》在这里取景拍摄，当时很是热闹了一阵子。不过，依我看来，这些山石还是沉寂一些好。我曾于飘雪之日来访，叩问这里的一座座山峰，试图从中获取些许感悟。山峰在白雪中归于沉寂，我似一无所获，然又从这沉寂中自有所获。

原为南宋史正志万卷堂旧址的网师园，位于葑门十全街，号称"渔隐"。一度荒废，至乾隆年间才由宋宗元重建，借"渔隐"原意，自比渔父，故称网师园。网师园不大，占地七八亩罢了。其主景区在园的中部，以水池为中心，配以花木、山石和一些雕刻精美的木构建筑。值得一说的是，仅有半亩的水池，因濒水而建的射鸭廊、濯缨水阁和小石桥之类，皆低临水面，故显得颇开阔。池之东南及西北皆有水湾蜿蜒，令人感受"水广波延，源头不尽"的意境。我曾设想，若是夏夜来此，定然水波粼粼，凉风习习。那悬于碧空之中的明月，此刻跃然水上，好不叫人生怜。此情此景，不由人不思绪远去，浮想联翩。

已被列为世界文化遗产的留园，坐落在阊门之外。其园名得来颇易，清嘉庆三年，也就是公元一七九八年，在旧址上建造寒碧山庄的主人姓刘，"刘""留"同音，因而便有"留园"之名。这留园，以山水为胜，池居中央，四周环以假山和亭台楼阁。其颇负盛名的"留园三峰"，在园内最大的建筑"林泉耆硕之馆"对面。正中最大的一块叫"冠云峰"，高约九米，两侧分别为"瑞云峰"和"岫云峰"，这三块石峰，相传为北宋花石纲之遗物，花石纲的故事在《水浒传》里有着生动的记述。据说，这留园里的假山，其中有一部分为明代周时臣所堆，令袁宏道大加赞赏，"无断续痕迹，真妙手也"。留园，不仅假山极有名声，且园中建筑与景色的处理亦独具匠心。猛一看时，园中那连绵不断的建筑群似将原本完整的景象破坏了，其实不然，你若是细细看时，便可发现那建筑物上的窗棂，则成了沟通两边景物的极好工具。正是这些建筑物，又将原有的景物连成了一个有机整体。

被称为苏州园林杰出代表的拙政园，在娄门内。这座既是苏州四大名园之一，又为全国四大名园之一的拙政园，初为唐代诗人陆龟蒙的住宅，元时为大宏寺。明正德年间御史王献臣辞官回乡，置下这处寺产，并借用晋代潘岳《闲居赋》"灌园鬻蔬……此亦拙者之为政也"中"拙政"二字，以为园名。这是个以水为主的园林，水面约占百分之六十，建筑多临水而立。全园共分中、东、西三部分，东部入园处建有各种风格的建筑，景物空阔。中部正中为水池、山石、林木之类，疏朗自然。西部颇紧凑，主要有鸳鸯厅，由三十六鸳鸯馆和十八曼陀罗花馆组合而成。此园中，有聚有散，布局安排，自然和谐。人们可以感受到因地造景，景随步移的风格，也可以欣赏到对比借景之类的手法。漫步拙政园，你不能不为建造者的匠心独运而惊叹。在这里，大与小、高与低、远与近、曲与直、聚与散、动与静，处理得是那么精当、巧妙，是那么富于创造。正因为如此，才使得园中景物变幻无穷，才使得原本有限的面积，创造出了无限的空间。

在我的眼里，这一座座古老的苏州园林，向人们展示的是旧时的辉煌，诉说的是曾经的沧桑，承载的是源远流长的江南历史文化，蕴含的是几千年来江南特有的人文精神。这一切，便使得苏州园林具有了浓厚的"怀旧"意味。难怪有人自醒说，走进苏州园林，万万不能迷而不返。但愿每一位游历者，都能从这怀旧的苏州园林中走出来。

写满古意的周庄

近二十年来，周庄的名声是愈加响亮了。虽未曾专门拜访过，但因公参加各种活动，倒是来过不止一次。这个位于昆山西南，与吴江和上海青浦交界的江南水乡古镇，原名叫贞丰里，至北宋，有个叫周迪功郎的在此设庄，自此便一直称为"周庄"。

当你进得周庄，便会感到一股古朴之风扑面而来：成片成片的明清建筑，多临水而立，各式各样的幌子在风中飘荡；一座座拱形石桥，恰似一道道彩虹，静卧水巷之上；水巷两侧，多为碎石铺就的小径，蜿蜒绵长，曲径通幽。这一切，让你体会到"小桥流水人家"的意趣。

难怪吴冠中教授曾有如此赞许，"黄山集中国山川之美，周庄集中国水乡之美"。

周庄的桥，最具特色的怕要算镇中心的富安桥了。听说，此桥特别就特别在其桥堍下各有两座方亭子。这曾是一种极流行的建桥风格，在明代尤为盛行。可惜的是，当时极普遍的桥梁，现存下来的仅此一座。由此可见富安桥的古老与珍贵。不过也有美中不足之处，那一侧的亭子开设着茶楼，本该保存一些明代遗风，无论内饰，还是茶楼布局应古色古香才好。然，入得茶楼直觉与此桥不谐，不免有些遗憾。

虽说富安桥古老而具特色，但其知名度却不及被当地老百姓称作钥匙桥的"双桥"。这双桥，由世德桥和永安桥纵横相接组成。两桥均建于明万历年间。世德桥是座单孔石拱桥，为南北走向，桥长十六七米，横跨北市河南段。永安桥为梁式小桥，呈东西走向，桥长十三四米，横卧于银子浜上。一九八四年旅美画家陈逸飞来周庄写生，将双桥绘成了一幅油画在美国展出，被美国西方石油公司董事长阿曼德·哈默收藏，后来哈默博士来华访问，将此画作为礼品赠送邓小平。一九八五年此画被选为联合国首日封，由此"双桥"便闻名全球了。周庄的大门，从此便打开了。五湖四海的游客，都想了解一下充满古意的水乡小镇。

周庄的古意，写在桥上，写在水巷上，更写在那些古老的建筑上。周庄那成片成片的明清建筑群中，给我印象最深的，怕要数张厅和沈厅了。作为明代建筑，张厅似乎比沈厅给人以更多的历史沧桑感。从那砖雕大门，不难看出当年张家那种不凡的气派。穿过又暗又窄的夹墙甬道，便可来到后院，在后院的板阁下所看到的是，流动的河水和水中舴艋小舟。这种居所的奇妙之处，在于轿子可以堂而皇之地从前门进来，小船也可以悄悄地从后门出去。不是亲眼所见，很难相信这"船自家中行"的情形竟是真的。

沈厅是规模极大的私宅，听熟知情况的人介绍，它有七进五门楼，房屋一百多间，占地两千多平方米，在江南小镇民宅中极其少见。据《吴江县志》记载，"沈万三有宅在吴江二十九都周庄，富甲天下"。说到沈厅，就不能不提及沈万三。当地有关他的传说颇多，有说他会点金之术，有说他有聚宝之盆。在这水乡泽国，沈万三如何能做到富可敌国的呢？有文字记载，"相传通番所得"。由此看来，沈万三是个颇精明的商人。然而，如此精明的沈万三，还是未能料到朱元璋得天下后会让他到云南充军，至死未得回归。这并不仅仅是沈万三的悲剧，而是那个时代的悲剧，确切说来，是那个时代沈万三们共有的悲剧。

说过张厅、沈厅之后，该说说迷楼了。坐落在贞丰桥畔的迷楼，据说是一年轻貌美的寡妇所开设的酒楼。民国初年，南社政治家柳亚子、叶楚伦等人常在此吟诗作赋，抨击时政。可当时的人们以为柳亚子在此处追欢逐笑，沉迷美色，故称此楼为迷楼。而柳亚子自然明白他人的用心，便来个心照不宣，还将在此间所作诗文定名为《迷楼集》《迷楼续集》。如今，柳老夫子早已作古，那美貌的女主人亦早已不在，唯有小小木楼依然立在那儿。游人登楼时，那咿咿呀呀的声响，从陡峭的木梯上传出，似乎在向来访者诉说着什么。

周庄的古意在水，在桥，在老宅……在于与现代文明形成巨大反差的一切。在现代都市日益趋同的今天，周庄在我们眼里便显得愈加珍贵了。想来，这也许是周庄能吸引众多海内外游客的缘故吧！

第五辑：家的感觉在洛城

家的感觉在洛城

应北美洛杉矶华文作家协会之邀，我于二〇〇九年五月二十二日由北京飞往美国洛杉矶，参加该协会举办的"第二届美中华文文学论坛"。因为签证晚了一天，我未能和其他与会者同行，加之不懂英语，又是第一次来美，在飞机上就一直担心自己能否顺利到达目的地。经过近十二个小时、一万公里的空中之旅，我来到了太平洋彼岸陌生的美国。飞机降落洛杉矶机场已是傍晚时分，我推着行李在出口处焦急地寻找着。终于，在攒动的人群中，一行熟悉的中文映入我的眼帘："欢迎《泰州日报》副总编辑刘仁前先生。"我心头一热，那块悬着的石头，落地了。

欢迎晚宴在一家中餐馆举行。我一步入餐厅，就有人说，接到了，接到了。北美洛杉矶华文作家协会卢威会长主动上前紧紧握着我的手："终于把你等到了，辛苦了。"黄宗之副会长也上前来问候，虽说先前和他只通过几次电话，发过几次邮件，但一见面全无那陌生之感，满面的笑容，紧握的双手，让我有如见到了久违的朋友。更让我感动的是，整个餐厅四五桌人，都在等待我的到来。我被安排和我国驻洛杉矶总领馆文化参赞陈怀之先生邻近而坐，席间交谈中得知，陈参赞老家是盐城的，与我老家毗邻，且我又是盐城的女婿，谈话自然轻松起来。置身如此氛围，我浑身暖融融的，似乎在参加一次亲友聚会。

既是美中华文作家之间的一次交流活动，晚宴上必要的仪式自然不可少。然，北美作家们席间的才艺展示也好，性情流露也罢，无不令我们从中国大陆来的七位作家学者感动。原本北京人艺出身的张春鹰先生，用他浑厚而富有磁性的嗓音，在朗诵了徐志摩的那首《再别康桥》之后，又饱含深情地朗诵了台湾著名诗人余光中的《乡愁》，让在场的每一个人心生感叹，别有一番滋味在心头。好在，女作家施玮的主持风格轻松自如，很快让张之元副会长登台亮相。你还别看，张老先生八十一岁高龄，一头银发，精神矍铄，《陈情表》《出师表》烂熟于心，脱口而出，足见古文功底深厚。他用上海、江苏、浙江、四川诸多方言讲笑话，惟妙惟肖，生动有趣。这一刻，开心，快乐，弥漫在整个餐厅之中。

晚宴后，我们中国大陆的七位同行者纷纷感叹，原本十几个小时的时差就让人云里雾里的，这晚宴上的氛围，真让人感觉还有如置身家中一般。然，这家的感觉，在五月二十四日晚上洛杉矶华文作家协会举办的一次文学沙龙上，被渲染到了极致。

经过一天的学术交流，一天的参观访问，我们对原本陌生的环境，对原本陌生的人，均有了一些了解。就连不懂英语的我，也不再担心因语言不通而无法交流了，尽管洛杉矶作协的友人们在交流时会时不时地冒出几个英语单词。当我们被告知，二十四日晚上参加他们的一次文学沙龙活动，我们几位都异常高兴。步入"777公寓"（北美洛杉矶华文作家协会驻地），我看到一个大客厅一边摆放着各种中式菜肴，餐具之类；一边紧靠书橱放着一架投影机，看似做讲演，演示文件用的。卢威会长和黄宗之副会长还是和晚宴那天一样，忙前忙后，先给我们七位拿餐具，请我们先选择合口的菜肴，让我们心中过意不去。所有这些菜，并非出自哪个酒店，而是参会几位女作家从家中做好了带来的。你三个菜，她四个菜，没有约定，全凭自愿。男作家们则主动带些饮品、啤酒之类，也算是与女作家们互补吧。

坦率而言，刚开始我脑瓜子还转不过弯来。这不是我们老家早些年常有的"凑份子、吃碰头"吗？现在，早没有了。再普通的家庭请客，都习惯了去酒店，能在家中做一桌饭菜请客，那可是特别礼遇了。不想，在物质生活条件如此优越的美国洛杉矶，在都能挥笔著书立说的洛杉矶华文作家们中间，竟然还保持着如此纯朴的聚会方式，真的让我由不解而心生感动。

卢威会长告诉我，他们协会每年都有若干次这样的沙龙，开始前大家一起吃点东西，然后进行文学方面的专题交流，相互碰撞，相互启发。每次聚餐都不会去酒店，这不是费用的问题。每人都带点东西来"凑份子"，营造的是一种"家"的感觉。协会就是要给予每一位会员"家"的感觉，而每一位会员也要从内心把协会当成自己的"家"。听着卢威会长的介绍，看着几十位作家围着餐桌夹菜，三三两两相聚用餐，其乐融融，好不让人羡慕！这当儿，有几位会员来给我们敬酒，原本没沾酒的我，愉快地拿起纸杯，喝了啤酒，又喝了白酒，真是高兴。

在我印象里，置身于这样的文学氛围，大概还是在二十世纪七十年代末至八十年代中期吧。如今，自己尽管也写点东西，然，早就远离了"家"，感觉自然也就甭谈了。嘻，还真是的，时隔多年，在相距如此遥远的洛城，竟然找到了"家"的感觉。怪吗？！

十八个人的小镇

　　从赫斯特古堡返回洛城的途中，陪同我们的郑先生，有些炫耀地对我们说："再让你们诸位中国作家、学者看看只有十二人的小镇，那可是美国最小的城镇，怎么样？"没等我们反应，郑先生进而又吊起我们的胃口："据我所知，那可是还没有中国大陆游客踏足过的地方噢。"

　　郑先生是洛城作协的对外联络专员，此次我们"中国作家代表团"在美期间的观光活动由他全权负责安排。见有如此"未被开垦的处女地"，同行者们一下来了兴致，都说，看看去！

　　我是听说过我国少数民族地区有过一个仅有两个人的乡，且两人是父女，如我没记错的话，一乡之长不是父亲，而是女儿。这在人数规模上比郑先生说的美国小镇就少多了，且人员关系特殊，了解起来想必更有意思。只不过那个边陲小乡，地域并不小，多为山区，人烟稀少罢了。我把所知的情况和郑先生一说，郑先生一连来了几个"no，no"，"我带诸位看的可是个严格意义上的镇。""不知这个镇接待能力如何，一下子来了七位中国客人会不会造成镇区交通拥挤呀？"同行者中有人开起了玩笑，引来一车人的哄笑。

就在大家的欢笑声中，我们的汽车驶进了小镇。但见入口处立着一块告示牌，上面明确写着小镇现有人口为十八人，郑先生所说的十二人，那是在四年前。"一般旅游团是不到这里的，它不是旅游景点。我带团，一般游客我也不带他们来，他们不会感兴趣。诸位看看，我也有四年没来了。"郑先生的一番话，既是解释，亦算是对记错人数的歉意了。

汽车在小镇停车场停下后，有人忙着拍照，郑先生请大家先跟着他参观，保证不会耽搁拍照的时间。我们一听就会心地笑了，还不是因为镇小嘛。

你还别小瞧了这个小镇，巴掌大的地方，竟然有三家工厂，一家生产玻璃器皿，一家生产陶器，还有一家葡萄酿酒厂，厉害吧？！从镇中心花园走过去就是一家商店，店内各式商品品种繁多。仅有一位年轻女营业员，因没生意在"煲电话"。

集中参观几分钟就结束了，我们一行七人很快就分散活动。看着看着，一直和我一起的宜兴作家徐风竟不见了。我以为他又去看陶瓷厂去了，宜兴可是中国的陶都，想必他会对眼前美国小镇上能生产出什么像样的陶瓷器具有些怀疑。不一会儿，我发现我判断错了。小镇观光留言簿上，有了徐风的笔迹："中国大陆第一人徐风到此一游。"

真是的，想不到小镇上还会有这样一个签名之所，足见此镇对来访者的重视。我翻看了一下签名簿，在徐风之前还真的没有一个签中文的，更别说是表明中国身份的了。既是来到签名室，我也得写下点什么。可看着徐风的签名，"中国人的第一"让他占了，真有李白"题不得"之慨叹。有了，我来个身份变换。于是，我在那本有些破旧的签名簿上写下了"袖珍小镇，魅力无穷"八个字，落款：中国作家。自然会有我的姓名，时间等要素。当我心满意足回到车上时，大伙儿就等我一个呢。同行者中有人问我是否有什么奇遇，我只得把颇费一番思索的签名之事如实相告，其羡慕之情溢于言表，有人也想留下一字半辞。可这刻，车子已经离开了绿树掩映中的小镇。

汽车载着我们继续向洛城行驶，大伙儿交谈着参观小镇的点滴感受。这时，郑先生发问了："诸位看了之后，感觉小镇市镇设施如何？"大伙儿七嘴八舌，这个说，如此小镇，有邮政所难得。那个说，清管所不错，厕所、垃圾箱都是移动的。有的说，停车场秩序井然。很快就有人反对，我们去的时候仅有两部车，想乱也难。于是，有人补充说，中心花园挺人性化，桌椅齐全，方便参观者，累了可歇息片刻。还没等那人话完，反对之声又起，弹丸之地，何用歇息？自然有人不同意，认为歇息还是需要的。如此完整的小镇，可谓是"麻雀虽小，五脏俱全"。

就在我们慨叹小镇之全时，郑先生又发问了："诸位有没有发现，小镇少了城镇最常见的一种设施？"面对郑先生如此一问，大伙儿你看看我，我看看你，一时没了答案。"红绿灯。"见大伙儿答不上来，郑先生主动亮出了答案。还真是的，小镇虽有几条道路，没见有红绿灯。郑先生告诉我们，生活在这里的居民，和来小镇的观光者，必须遵守"礼让三先"的原则，后来者让先行者。绝对不会争先恐后。因为，这个小镇有个好听的名字，叫"harmony"，译成中文则为"和谐小镇"。

久违了，彩虹

以我的经验，彩虹多半出现在天空。那是孩提时，家乡的天空留给我的记忆。一场风雨过后，时常会有长长的弧线、赤橙黄绿青蓝紫的颜色浮现在天空，似静卧天际的一座桥，好看极了。最先发现的小伙伴自然会惊喜万分，"望啊，望啊，彩虹，天上出彩虹了！"于是乎，一大帮小孩子，在巷道上蹦蹦跳跳，开心起来。而大人们多半忙于自己的活计，并不领情，"细猴子，嘘个什呢事，一下雨不就有彩虹了，没得什呢稀奇的"。说来，也不怪大人们责备，那时见彩虹挺容易，不费难。

常言说，得时不觉珍贵，失去方觉可惜。彩虹之于我，大抵如是。随着时光的推移，渐渐长大的我，离开了家乡，读书，工作，生活，从一个城市移居到另一个城市，几十年光阴过去，不见彩虹久矣。于是，时不时地在心底想，彩虹呢，怎么说不见就不见了呢？难道说，现时的天空和孩提时的天空真的不一样了，不易出彩虹了吗？抑或是时常念叨之故，彩虹便偶或在我梦中出现。

不曾想，今年美国之行，在美加交界之地，观看尼亚加拉瀑布时，倒让我见到了久违的彩虹，心中万分感叹，既有失而复得之喜，又有"踏破铁鞋无觅处，得来全不费工夫"之感。

那是五月的最后一天，我们访美"中国作家代表团"在北美洛杉矶作协郑永敏先生的陪同下，驱车九小时，从华盛顿来到了水牛城，观赏名闻遐迩的尼亚加拉大瀑布。因有郑先生介绍，我知道了，这瀑布源于苏必利尔湖、密歇根湖、休伦湖、伊利湖和安大略湖，五大湖之水在美加边界地公羊岛附近汇聚而成跌宕之势，占据全球瀑布排行榜老二的位置。

我们是乘"雾中少女"号游船，先从水上领略尼亚加拉瀑布风采的。这游船取名"雾中少女"也有来历。据说三百年前，当地的印第安人慑于自然的威力，在每年收获季节的某一天，集合全村少女，酋长站立中央，引弓对天放箭，箭尖下落，离哪位少女最近，这少女即被选为代表，被送上装满谷物水果的独木舟，投入飞瀑之中，奉献给瀑神。于是，人们都说尼亚加拉瀑布的雾气，是少女的化身。

游船很快把我们带到美国瀑布面前，但见滚滚而来的湖水，似白云平铺下坠，蔚为壮观。我和船上的游客一样，忙碌着和瀑布合影。郑先生提醒道，别忙着拍照，后面的瀑布更为壮观。

果不其然，船行至加拿大瀑布中间时，游船明显泊在了中央，意在让游客好好欣赏这壮美景色。此时，游船似被瀑布包围了，无论你往哪边看，都是白花花倾泻而下的湖水，巨大的轰鸣声，在耳边激荡。置身于此，你才能真正体会这尼亚加拉瀑布，又有"雷神之水"之称的含义。不信，你听，真似雷神在说话呢。

狂泻而下的瀑布，产生着巨大水汽与浪花，奔腾汹涌有如千军万马，惊心动魄。一阵巨浪袭来，游船顿时颠簸摇晃起来，引来一阵惊呼。工作人员提醒人们只能随船势而动，保持身体平衡，以免摔倒。惊恐刚平，波涛又来，暴风雨般的水珠劈头盖脸地砸过来，那上船时分发给我们的雨衣实在无法抵御大瀑布的盛情。于是，整船游客都下意识地随着雷鸣般的瀑声再次惊呼。听得出来，这呼声中有惊恐，更有兴奋。

这时，我发现瀑布中竟有彩虹出现，那么完美，优雅的弧度，呈七彩之色，令我怦然心动。久违了，彩虹。你还是我儿时见到的模样吗？我真的弄不清楚，怎么会不见你这么多年呢？是你的归隐，还是我因忙碌而疏忽了你？可，怎么又能在与故土相距万里的异邦与你得以重逢？

看，眼前的大瀑布，是何等雄奇而壮阔，置身瀑布之中的彩虹，又是何等柔美而瑰丽！这真是个绝妙的组合。此刻，我在想，这绚丽的彩虹，怕才是古老传说中美丽少女的化身吧。

与孔雀松鼠为伍

在洛杉矶逗留的最初几天里，我始终不能把来美国之前，自己头脑中固有的印象与现在眼前所看到的相联系。先前，无论是从媒体，还是从书刊，抑或是他人口中，让我头脑中形成的印象，美国是绝对现代，到处高楼林立，车流不息，繁忙而喧嚣；一到夜晚，定然是霓虹闪烁，纸醉金迷。然，洛杉矶颠覆了我头脑中的美国印象。

在洛杉矶，除了市政中心有几处高楼之外，其他地方几乎看不到过高的大厦，亦看不到密集的楼群。随处可见的是，开阔而平坦的绿地，高大而疏朗的树木，带来的是清新而凉爽的空气。陪同我们的黄宗之先生告诉我，洛杉矶处于沙漠之中，周边有不少沙漠，所以特别重视绿化。这一点，很快就得到了证实。我们离开洛杉矶去其他城市时，就穿过了很大一片沙漠。只不过，那片大沙漠也被耐旱的绿色植物所占领。此为后话。

看惯了国内封闭的居民小区里那密集的楼群，乍一看洛杉矶比华丽山庄那散落在绿荫丛中的低矮别墅，心生好多疑云。小区没有围墙，没有安保人员，居民的安全能得到保证吗？每一幢房屋造型各不相同，并不如国内那么整齐划一，当初的规划如何通得过的？小区住宅如此分散，且均为低矮建筑，在我看来土地使用率也太低了，为何不密集一点，建高一点呢？黄先生微笑着，极耐心地一一向我说明。虽说，这里有东西方文化的差异，但这里"以人为本"的理念，渗透在民众生活的方方面面，的确让我叹服。我只能脸红自己学识的浅薄。

在小区中，我们每看的一座别墅，几乎都是一道独特的风景。有的房前植满了各色花木，红红紫紫，妖娆艳丽；有的则将非洲沙漠才有的旱地植物移到了自己的寓所前，看得出主人对非洲的迷恋；也有在别墅前摆上几尊个性鲜明的雕像，让自己的居家之所显得与众不同。同行者中，有摄影发烧友，也有专业从事期刊摄影的，大伙儿的相机快门"嚓嚓嚓"地按个不停，很是过了一把瘾。

就在我们心满意足、啧啧赞叹之际，小区的通道上，缓步走来了几只孔雀。同行者们一阵惊喜，这很是出乎大伙儿的意料。小区里怎么会有散养的孔雀呢？面对我们的疑问，黄先生直摇头："no，no，它们来去自由，无专人饲养，纯粹处在一种野生状态。"这时，有人在给孔雀喂食面包，一辆小车经过，见状，自觉放慢车速，孔雀悠然离开通道回到草坪上去了。

"有意思，真是有意思。"别看我们一行人中，作家，博士，教授，博导，大有人在，此刻竟语汇匮乏了，除了"有意思"，还是"有意思"。黄宗之先生告诉我们，小区里不仅有孔雀，还有其他小动物。果然，他话音刚落，我们就在树下看到了两只小松鼠，蹦蹦跳跳朝我们走来，如此看来也是不怕人的主儿。我在随身皮包中搜寻了一下，指望能找出一两块饼干之类，可惜未能如愿。好在，机灵的小家伙，很快自己从草丛中找到了食物。看着它们直立着身体，用前爪夹着食品，小嘴唇上下动个不停，样子可爱极了。

生活在这样的小区，与孔雀、松鼠为伍，真的令人心生向往。

寻找"第三种地方"的一群人

在美国洛杉矶，有这样一群华人，他们因为各自不同的人生际遇，从中国大陆、台湾，从世界的其他地方，来到美国，来到洛城。原本互不相识，工作也毫无联系，却为了一个共同的目的，用他们的话说，是为了寻找"第三种地方"而走到了一起，组建了一个民间团体——北美洛杉矶华文作家协会。

可别小看了这个民间组织，它成立十八年来，就与中国作家协会实行互访十八次。众所周知，中国作协可是个部级建制的团体，每年中央财政有经费下拨，拥有会员八千多人，遍布全国各地。而北美洛杉矶华文作家协会，仅有会员八十多人，经费主要来源于社会捐助。会员每年也象征性缴纳二十多美元会费，协会负责人每年则要在会费之外向协会捐款三百至五百美元，会长捐款一定最多。协会有一份自己的年刊《洛城作家》，每月在《中国日报》等媒体有一期《洛城文艺》专版，主要刊发华文作家的华文作品。从会长到会员，都有自己的本职工作，做作协的工作都是用业余时间、休息时间，哪怕是举办一年一度的"美中华文文学论坛"这样跨国界的大型活动，也不例外。协会开展活动一些小的开销，多半是会员们自掏腰包，可谓费时费钱。我弄不清楚，在美国这样一个金钱至上的资本主义国家，为什么会有这样一群人，他们愿意这样做，究竟是为了什么呢？

正是由于心存这样的疑惑，我利用即将离开洛城的一个晚上，走进了副会长黄宗之先生的家中，想通过他这个常务副会长来了解一些会员的情况。

当我和其他六位同行者到达黄先生家时，黄先生和夫人朱雪梅女士早已在门口迎候了。因几天相处，彼此之间已十分熟络，也就少了通常的一番寒暄。进得屋里，我看到了一个布置现代、宽敞明亮的二层别墅。黄先生夫妇告诉我们，这样的住宅在美国知识分子家庭是极普通的。白天，黄先生就曾陪我们看了几处居民区。我们一行七人，很是为一家一户的房屋，建筑风格各不相同而感叹，更是为房屋分布如此宽散，绿树环抱而惊叹。有同伴开玩笑说，这种好地方，放在我们所居住的城市，早被开发商建成一幢幢高楼了。

在参观了黄先生家楼上楼下的陈列之后，主客在沙发坐定，我便和黄先生聊起了我想了解的话题。

黄先生坦诚地从他自身的经历开始了心路历程的叙说。十多年前，已经是一所高校副教授的他，为了追求全新的人生体验，实现更高的人生价值，变卖了家中全部家当，携带着妻子，离开自己工作生活了几十年的家乡湖南，投身进了滚滚"出国"大潮。刚来洛城的那几年，一切都非常艰苦。从副教授变成了打工者，工作必须看别人的脸色；租住在别人家里，诸多不便是免不了的。原以为，有了绿卡，有了自己的住房，一切就会好起来，当初出来时的梦想就能实现。可，几年过后，当绿卡有了，房子也有了，在一家制药公司有了一份不错的工作，他感到自己想要的并不是这些。他除了看着别人的脸色而拼命工作，并没有梦想实现后的快乐。他开始反思，生存的最终目的是什么？人生的意义究竟在哪里？此刻，他在寻找家庭、单位之外的"第三种地方"，寻找能让他身心得以停泊的精神家园。

于是，没有一点文学创作实践的他拿起了笔，以"我"的经历和心路历程为影子，以自己的家庭命运为再现的载体，来抒写那一代出国者的辛酸苦辣、奋斗历程。一九九九年，他的第一部长篇小说《阳光西海岸》创作完成。翌年在百花文艺出版社正式出版，并产生强烈反响。

第一次成功的创作实践，让黄宗之夫妇想沿着这条道走下去。就这样，他们加入了洛杉矶作家协会。在与同道者的交流中，他们得到了提高；在参与刊物编辑的过程中，他们学到了他人之长。就这样，他们夫妇的生活变得充实了，那漂浮着的心灵似乎找到了归宿。

黄宗之先生告诉我，当他融入洛杉矶作协这样一个群体时才发现，他们都是一群精神上的漂泊者，他们都清醒地意识到自己不属于脚下这块土地。然而，他们又远离母土，作协和创作让他们有了某种精神依附。他们在一起，有了一种共同的文化认同，因为他们有着相同的古老中国文化的根！

无怪乎，在欢迎我们的晚宴上，在论坛举办过程中，在其后的文学沙龙上，从卢威会长到每一位与会会员，都开心快乐地忙碌着，抓紧任何一点机会与我们交流着，释放着。我终于理解了，欢迎晚宴上，黄宗之先生为什么再忙也要拿起话筒唱一曲《故乡的云》，一位年近六旬的女作家，一边担心时间太迟会耽搁大家，一边依然在深情诉说；我终于理解了，在举办文学沙龙时，年逾八旬的张之元副会长还要亲手将剪好的会标，一个字一个字，端端正正贴到墙上，其他人想帮他，他还不让，并自豪地跟我说，几十年了，他弄这个有经验；我终于理解了，为什么身为收银员的刘加蓉，打工一小时还不足十美元，在洛杉矶属低收入者，但在五月二十四日的文学沙龙上，她一人带来了好多菜肴——后来我得

197

知，因为有我们中国内地来的七个人，她竟然发动了家里的母亲、妹妹都来帮她做菜；我终于理解了，卢威会长为什么如此重视洛城华文媒体对此次"美中华文文学论坛"的宣传报道——活动在他策划下，不仅在凤凰卫视及洛城华语电台播出，他还亲自收集了刊载活动消息的《中国日报》等多种报纸，并由黄宗之、张之元两位副会长为我们做成了一套完整的会议资料，弥足珍贵。

限于时间关系，我不可能了解太多，但我知道了，在他们这群人当中，有写出诸多美文的著名女作家施玮，有写出了《永不放弃自己》等多部长篇小说的旅美作家汪洋，有写出了长篇小说《洛杉矶的中国女人》的刘加蓉，有早年成名于四川，写出了《相逢在黑暗尽头》等具有广泛影响的短篇小说的刘俊民，更有写出了《阳光西海岸》《破茧》等为文坛广为关注的长篇小说的伉俪作家黄宗之、朱雪梅……

但愿远离母土、身在异乡的他们，灵魂不再漂泊，用手中的笔构筑起共同的精神家园。

198